아지랑이 데이즈 Ⅷ

-from the darkness-

KAGEROU DAZE

진(자연의적P) 지음

시즈 일러스트

이수지 옮김

목차

칠드런 레코드 side-No.1-(1)

……춥다. 마치 차가운 얼음 위에 누워 있는 것 같다.

왼쪽 팔 부근에서 뭔가가 터지고 얼마나 시간이 지났을까.

눈은 보였다. 총구가 내 쪽을 향하고 있는 것이 보였다.

아아, 그런가, 저거에 당했구나. 그래서 나는 바닥에 쓰러져 있구나. 그럼 뭐야, 시간이 별로 지나지 않았다는 말이잖아.

그 녀석은…… 신타로는, 어떻게 된 걸까. 그 정도의 부상을 입었으니 구하기는 틀렸나.

……아니, 어떨까. 예전에 내가 그랬던 것처럼 어쩌면, 그런 일이 일어날지도 모른다.

하지만…… 나는 이제 무리겠지. 그렇지 않아도 운이 좋아 살게 된 목숨이다. 기적이 두 번이나 일어나다니, 이야기가 그렇게 잘 풀릴 리 없겠지.

……누군가가 뭐라고 외치고 있었다. 소리가 울려서 잘 알

아들을 수는 없지만…… 마리인가.

뭐야, 귀도 이제 안 들리게 된 건가. 바로 얼마 전에 새 이어폰을 샀는데 말이지.

녹화해둔 드라마도, 주말에 보러 가려 했던 영화도 기대하고 있었는데…… 아무래도 무리일 것 같다.

하다못해 이 녀석들만이라도, 어떻게든 도망치게 할 수 없을까.

여기서 도망친다 해도 운명이 바뀔 거라고는 생각할 수 없다. 단지 이대로 **그 녀석**이, 그 괴물이, 자기 좋을 대로 하게 내버려두는 것은 너무 끔찍한 이야기다.

시야가 흐릿해졌다. **그 녀석**의 천박한 미소가 구불텅하게 일그러졌다.

아아, 이제 눈도 잘 안 보이는구나. 시간이 없다. 마지막으로 뭔가, 내가 할 수 있는 일이 없을까.

……잠깐 기다려. 뭔가를 잊고 있는 것 같은데.

뭐였지? 아주 옛날에 뭔가 중요한 약속을 한 듯한 기분이 들어.

그래, 이 능력…… 이걸 써서 가장 먼저 지운 것은…… 뭐였지?

기억해내, 키도 츠보미. 그 날 나는…… 나는, 무엇을 봤지?

기억을 더듬어봐.
그 날로, 그 시간으로 거슬러 올라가…….

실상 워드 1

"츠보미는 항상 음악을 듣고 있구나. 음악이 좋니?"

……응. 음악이 좋아.

"실은 엄마가 옛날에 무대에서 노래를 불렀던 시기가 있었거든. 작은 무대였지만, 그때는 즐거웠어. 찾아와 준 관객들이 노래에 맞춰서『와아!』하고 감탄해주곤 했지. 있지, 츠보미는 커서 가수가 되고 싶다던가, 그런 거니?"

……나는 그런 게 아니야. 듣는 걸 좋아할 뿐이니까.

"그래, 그렇구나. 엄마도 음악 듣는 걸 무척 좋아하니까, 그 마음 엄청 잘 알겠어."

……실망했잖아. 지금 그런 표정이었어.

"아니야, 그렇지 않아. 엄마가 좋아하는 걸 츠보미도 좋아한다고 해줘서, 엄마는 엄청 기쁜걸. 츠보미가 아기였을 때부터, 나중에 서로 좋아하는 곡에 대한 이야기를 나눌 수 있었으면 좋겠다~ 하고, 계속 생각했어."

그랬……구나.

"저기, 츠보미. 다음에 누군가의 콘서트에 가볼까? 같은 곡이라도 공연장에서 들으면 소리도 커서 인상이 전혀 다르거든. 분명 츠보미도 즐거워하지 않을까……."

—아니야, 엄마.

내가 좋다는 건 엄마가 생각하는 「좋다」가 아니야. 가사나 노래나…… 그런 건 어찌되든 좋아.

이어폰을 끼고 음악이 흐르는 동안만은 다른 모든 것이 신경 쓰이지 않게 되니까, 나는 음악을 듣는 거야.

밖에서 들리는 시끄러운 자동차 소리나, 엄마의 지친 얼굴이나, 병원에 대한 일을 전부 신경 쓰지 않아도 되니까.

눈을 감고 음악에 몸을 맡기고 있으면, 소리에 뒤섞여 내가 투명해져 가는 듯한 기분이 들어서…… 그게 굉장히 기분 좋아.

아무도 없는, 나조차도 없는, 그런 세계로 간 듯한 느낌이 들어서 굉장히 안심하게 돼.

그러니까 엄마, 그렇게 기쁜 표정으로 나를 보지 말아줘. 꿈이 이뤄졌다든가, 그런 식으로 생각하지 마.

나는 엄마가 생각하는 그런 아이도 아니고, 엄마가 바라는 일은 무엇 하나 할 수 없으니까.

……아아, 이제 눈을 떠야 해.

그럼, 다시 만나. 잘 자요, 엄마.

나는 조용히 흔들리는 소리의 바다에 녹아들었다.

선율이 파도가 되고 층층이 쌓여서 어딘가 의미가 닿지 않는 장소로 나를 데려갔다.

모든 것을 잊고, 나조차도 잃어버린, 그런 장소에 닿을 수 있다면 얼마나 좋을까.

음의 파문에 생전 엄마의 모습이 사라져갔다.

「말」로 나오지 못한 그날의 생각이 엄마의 모습과 함께 사라져가는 것을, 나는 아무 말 없이 지켜보았다.

실상 워드 2

문득 눈꺼풀 너머로 번지는 햇빛에 일어날 마음이 들었다.

눈을 뜬 다음 몇 번 깜빡이자, 잠들어 있던 온몸의 감각이 조금씩 깨어나기 시작했다.

조금 전까지 마치 투명한 비닐봉지처럼 가볍게 음의 파문에 흔들리던 몸에 조금씩 묵직한 실감이 달라붙자 이제는 침대에 잠긴 내 모습을 확실하게 자각할 수 있게 되었다.

"아아, 이런. 좀 더 자고 싶었는데."

눈살을 찌푸렸지만, 때는 이미 늦었다. 그렇지 않아도 잠이 얕은 나는 이 상태에서 한 번 더 잠의 세계로 되돌아가는 방법을 몰랐다.

단념하고 밤새 끼고 있던 이어폰을 빼자, 압박되어 있던 귀 부분으로 천천히 피가 통하는 것이 느껴졌다.

이어폰에서 계속 흘러나오던 음악이 멈추고, 그 대신 현실 세계가 만들어내는 다양한 「소리」가 고막을 울렸다. 내가 싫어하는 무뚝뚝하고 딱딱한 바깥 세계의 소리다.

"하아."

입에서 한숨을 흘린 뒤에 무거운 몸을 일으키자, 마침 내 바로 정면에 설치된 현란한 전신 거울에, 역시나 호화로운 캐노피 침대가 쿵 하고 비쳐드는 것이 보였다.

자고 일어나 머리가 까치집이 된 사람이 그 중앙에 오도카니 앉아, 몹시 까칠해진 얼굴로 이쪽을 바라보고 있었다.

"……좋은 아침."

내가 말하자, 거울 속에 있는 까치집 머리를 한 사람도 똑같이 입을 움직였다.

오늘도 다시 밉살스러운 아침이 찾아왔다.

가볍게 기지개를 켠 다음 창문 쪽을 바라보니, 쾌청한 봄볕이 정원 앞마당의 서양산딸나무 사이로 반짝거리고 있었다.

아직 추위가 남아 있는 시기인데도, 꽃이 빨리 피는 서양산딸나무는 벌써 만개할 조짐을 보이고 있었다. 흔들리는 연분홍빛 꽃잎에, 문득 「사랑스러운 꽃」이라는 단어가 떠올랐다.

사랑스러운 꽃. 어감은 좋아하지만, 나에게 있어 그것은 항상 싫은 인상이 따라다니는, 조금 지긋지긋한 단어이기도 했다.

내 이름은 「츠보미」라고 한다. 「츠보미」란 「아직 피지 않은 꽃」이라는 의미를 지닌 단어다.

왜 그런 단어를 내 이름으로 지었는지, 예전에 엄마에게 물어본 적이 있었다.

분명 「그 어떤 사랑스러운 꽃이라도 될 수 있는, 수많은 가능성을 지니고 있는」, 그런 이유였을 것이다.

평범한 여자아이라면 「와아! 귀여운 이름으로 지어줘서 고마워요, 엄마!」 하고 방방 뛰어도 이상하지 않을 이유라고 생각한다.

사실 처음 내 이름을 안 사람들은 모두 「멋진 이름이네」라고 말했다.

사랑스럽고 가능성으로 가득 찬, 만인에게 사랑받는 단어.

"……그와는 반대로 네 어디가 사랑스럽다는 거야."

거울 속에서 무뚝뚝하게 나를 바라보고 있는 머리가 뻗친 사람에게서 연상되는 것은 「츠보미」라는 단어보다 「잡초」나 그런 종류의 단어였다.

「츠보미」라는 이름은 아무리 생각해도 나에게 어울리지 않았다. 누군가에게 이름을 불릴 때마다, 너의 어디가 「츠보미」라는 거야, 하고 조소를 받는 듯한 기분마저 들었다.

엄마에게는 미안하지만, 솔직히 나는 이 이름을 별로 좋아하지 않았다.

울적한 기분에 잠겨 있자 나를 따라 거울 속 「츠보미」의 그렇지 않아도 밝지 않은 표정이 한층 더 어두워지기 시작했기에, 나는 결국 침대에서 내려오기로 했다.

어젯밤 침대 옆에 아무렇게나 벗어놓은 슬리퍼를 신고 방문을 향해 걸어갔다. 구석구석까지 공기 조절이 되고 있는 방은 너무 덥지 않은 쾌적한 온도를 유지하고 있었다.

상형 무늬가 정성스럽게 들어간 카펫 위를 터벅터벅 나아가, 마침 방의 중간쯤 다다랐을 때, 별안간 목적지였던 문이 똑똑똑 하고 울렸다.

"억……?!"

완전히 방심하고 있던 나는 반사적으로 나른해져 있던 허리를 곧게 폈다. 덥지도 않은데, 온몸에서 기분 나쁜 땀이 삐질삐질 배어나고 있었다.

뒤늦게 돌기 시작한 머리가 노크에 대해 올바른 대응 방식을 생각해냈기에, 나는 곧바로 입을 열었다.

입을 연다. 입을 열었지만…… 아무리 해도 중요한 「말」이 나오지 않았다.

"츠보미, 일어났지? 일어났으면 대답을 하는 게 어때?"

고급스러운 실크 원단처럼 섬세하고 차가우면서 의연한

목소리.

문 너머로도 위협적인 그 목소리에, 나는 뱀 앞에서 꼼짝 못하는 개구리처럼 굳어버렸다.

틀림없다. 지금 문 너머에 서 있는 사람은 그 사람이다. 얼른 제대로 된 대답을 하지 않으면…….

그렇게 생각하면 할수록 머릿속이 뒤엉켜서 시간만 흘러갔다.

"……이제 됐어. 문 연다."

단적인 말과 함께 문이 열리자, 그곳에는 나를 꼼짝 못하게 만든 목소리의 주인공인 언니, 키도 린의 모습이 보였다.

붉은 기가 도는 머리카락을 뒤로 묶고, 등줄기를 곧게 편 상태로 서 있는 그 모습은 이른 아침인데도 조금의 흐트러짐을 찾아볼 수 없었다.

나는 여태까지 이렇게 이름을 몸으로 구현한 사람을 본 적이 없었다. 문무양도, 재색겸비. 이 사람만큼 「린(凛)」[#1]이라는 한 글자를 짊어지는데 걸맞은 사람은 없지 않을까.

그와 반대로 잡초마저도 피할 까치집 머리의 나는 여전히 입을 뻐끔거리고 있었다.

"저, 저기…… 조……좋은 아침……."

도무지 사람의 언어조차 되지 않은 나의 말을 듣고, 언니는 「하아」 하고 한숨을 쉬더니, 단정한 미간을 찌푸렸다.

#1 린(凛) 린(凛)에는 「의연한, 늠름한」이란 의미가 있다.

"츠보미. 나는 너를 놀라게 하려고 찾아온 게 아니야. 그건 알지?"

물론 알고 있다. 언니가 나를 놀라게 만들어 기뻐할 사람이 아니라는 것도, 왜 지금 그 수려한 얼굴을 찌푸리고 있는지도—.

다만 그것을 알고 있는데도, 어떻게 해도 머리와 입이 따로 놀았다. 「네, 알고 있습니다」라는 한마디가 어떻게 해도 나오지 않는 것이다.

내가 당황하자, 언니는 날카로운 눈초리로 강하게 말했다.

"……입을 다물고 있기만 해서는 길가의 풀과 다를 게 없어, 츠보미."

언니의 말이 몸에 꽂히는 것 같았다. 굳어져 있던 몸이 점점 부들부들 떨기 시작했다.

나는…… 아무튼 「말을 한다」는 것이 힘들었다.

의사는 내 머리에 이상이 있거나 성대에 문제가 있지는 않다고 진단했고, 그것은 나도 자각하고 있었다.

방에 혼자 있을 때는 술술 말한다. 다만 누군가에게 뭔가를 전하려고 하면, 순간 말이 나오지 않게 되어버리는 것이다.

그래도 얼마 전까지는 그나마 나은 편이었다. 「좋은 아침」이라고 하면 「좋은 아침」이라고 대답할 수 있었고, 「네」나 「아니오」로 대답하는 것에 고생한 적도 없었다.

이렇게 된 이유도 단순한데, 어느 날 아동 복지 시설에서 마침 그 자리에 있던 남자아이가 내 말투를 바보 취급한 것이 계기였다.

그것은 분명 대단한 욕은 아니었을 것이다. 주변에 있던 어른들도 별거 아니라고 판단한 듯 「잘 사과하고 끝내도록 하죠」 하고 그 자리를 정리하려고 했다.

하지만 나는 아무리 해도 그걸로 끝낼 수가 없었다.

그때 그 순간까지 내 말과 목소리를 객관적으로 의식한 적이 없었던 나에게 있어서, 그 남자아이가 내뱉은 말의 의미는 엄청 무거웠던 것이다.

「나는 타인과 비교해서 어딘가 이상한 게 아닐까」— 그런 생각이 머리를 스쳐지나간 순간, 눈앞이 새카매졌다.

그 후, 정신이 들고 보니 나는 주위 어른들의 만류에도 불구하고 그 남자아이를 때리고 있었다.

그쪽이 더 큰일이 되어서, 엄마는 그 뒤 며칠에 걸쳐서 그 아이의 부모에게 몇 번이고 사과하러 갔다.

그날 이후 나는 누군가와 말을 하는 일을 피하게 되었고, 어느샌가 간단한 말 하나 전달하는 일에도 겁을 먹게 되었다.

"……알았어, 이제 됐어."

복도 앞에서 팔짱을 끼고 있던 언니는 기다리다 지쳤는지 그렇게 말하고는 결국 방 안으로 들어왔다.

아아, 또 저질러버렸다. 무슨 말을 들어도 아무 말이 없고, 질문 하나에도 대답을 못하니 화를 내는 것도 당연하다.

견디지 못하고 눈을 내리뜨자, 발밑의 카펫에 서양산딸나무가 만들어낸 그림자가 흔들리고 있었다. 사랑스러운 꽃잎은 그림자가 되어도 보기 좋았다.

……이제 정말 싫다. 이 목소리도, 이 이름도, 모든 게 다.

예전에 엄마는 내 장래에 대해 어떤 기대를 했을까. 그야말로 의연하고 의지가 강한 여성의 모습을 꿈꿨을지도 모른다.

하지만 그 진의는 이제 영원히 알 수 없다. 죽은 사람에게 뭔가를 물어보는 것은 불가능하니까.

아니, 어쩌면 엄마가 살아있었다고 해도, 나는 말 한마디 제대로 못하니까「뭔가를 묻는」일은 전혀 불가능했겠지.

그 작은 아파트에서 내가 엄마와 나눈 말은 얼마나 됐더라.

그렇다. 나는 그 시절부터 아무 것도 달라지지 않았다. 분명 앞으로도 평생 이대로일 것이다.

엄마가 바랐던 사랑스러운 꽃이 될 수 있을 리 없다.

그렇게 생각하니 나 자신이 한심하고 비참해서 눈시울이 뜨거워졌다.

언니의 발끝이 서양산딸나무가 만들어낸 그림자를 밟으며 눈앞으로 다가왔다. 고개를 들어 언니를 바라보자, 언니는 마침 팔을 들어 올리고 있었다.

"……읏!"

나는 뺨 맞을 각오를 하며 눈을 감았다.

……하지만 뺨에 통증이 느껴질 낌새는 전혀 없었다.

그 대신 정수리에 뻗친 머리를 누르는, 뭔가 부드러운 감촉이 느껴졌다.

"……?"

예상하지 못한 감촉에 나는 무심코 감고 있던 눈을 뜨고 다시 언니의 얼굴을 바라보았다.

웃고 있는 것도, 화를 내고 있는 것처럼 보이지도 않았다. 언니는 그저 의연한 태도로 가만히 나를 내려다보고 있었다.

하지만 정말 이상한 것은, 언니의 손이 내 뺨을 때리기는커녕 내 머리를 쓰다듬고 있다는 것이었다. 이런 식으로 화내는 법이 있을지도 모르겠지만, 적어도 나는 체험한 적이 없었다.

내가 혼란스러워하고 있을 때, 언니가 천천히 입을 열며 이렇게 말했다.

"빵이랑 밥 중에 좋아하는 걸 골라."

……빵이랑 밥? 나는 밥이 더 좋았다. 밥은 다양한 반찬과 잘 어울리고, 애초에 밥맛 자체도 좋아한다.

하지만 왜 지금 그런 걸 물어보는 걸까. 내가 말하는 것도 그렇지만, 흐름으로 봤을 때 여기서는 화를 내는 것이 평범하지 않나?

예를 들면「대답하지 않는 이유를 말할 때까지, 방에서 못 나온다」라거나, 그런 말을 들으면 차라리 이해하겠지만, 이 상황에서 빵과 밥 중에 뭘 더 좋아하냐고 물어보다니…….

"앗."

짐작 가는 것이 하나 있었던 나는 무심코 소리를 내버렸다.

중요한 때에는 도움이 안 되면서 이럴 때에는 멋대로 소리를 내다니, 정말 쓸모없는 입이다.

하지만 언니는 그런 내 말에 아무런 반응을 보이지도 않은 채, 그저 내 대답을 계속 기다리는 것 같았다.

그 모습을 보고 나는 몸을 떨었다.

「빵」과「밥」……. 역시 이것은 어떤「벌」을 뜻하는 단어인 것이다.

그렇게 생각하자 다양한 것들이 이해됐다. 네가 죽을 방법을 선택하게 해주지, 하는 문답은 드라마에서 자주 보는 전개였고, 언니 같은 사람이 한다면 그림이 된다.

아무 해가 없어 보이는「빵」과「밥」이라는 단어를 사용하는 부분이 더 무서웠다.

특정 징벌이라면 아프거나 괴로울 것이라는 것은 쉽게 상상이 갔지만, 문제는 그 내용이었다.

빵이라고 들었을 때 연상되는 것은 끼운다와 굽는다는 무시무시한 단어뿐이었다.

그럼 밥은 어떤가. 음……. 짓는다는 정도만 상상되지만, 이미 굉장히 무섭다.

아아, 이건 뭐라고 대답하면 좋을까. 둘 다 싫다고 대답하면 언니는 「그럼 면이다」라고 말할까? 면은 삶거나 구우니까 그것도 아주 나쁘다.

그럼 빵인가. 아니, 밥…….

"츠보미."

"바, 밥으로 부탁해요!"

언니가 내 이름을 부르자, 입에서 반사적으로 「밥」이 튀어나왔다. 그것도 상당히 큰 목소리로—.

언니는 그 큰 목소리에 놀란 것처럼 보였지만, 누구보다 내가 가장 놀랐다. 이렇게 커다란 목소리를 낸 것은, 이 세상에 태어나서 처음이 아닐까.

온몸에서 단숨에 핏기가 빠져나갔다. 실례에 실례를 덧칠하는 듯한 행동을 저질러버렸으니 이제 끝이다.

이후에 있을 징벌도 이제 「밥」정도로는 끝나지 않을지도 모른다. 최악의 경우 「볶음밥」이 될 가능성도 있었다. 지은 다음에 볶아지는 것이다.

그런 쓸데없는 생각을 하고 있을 때, 언니의 의연한 표정이 일변하여 활짝 웃는 얼굴로 바뀌었다.

왜 언니가 그런 표정을 지었는지는 알 수 없었지만, 불성실하게도 나는「아아, 역시 아름다운 사람이구나」하고 그만 홀려버렸다.

언니는 내 머리에 올려두었던 손으로 내 머리를 톡톡 두드리더니, 나와 눈높이를 맞추듯이 허리를 숙였다.

"알았어. 오늘은 특별한 것으로 준비할게."

그 말은 평소와 다름없이 의연하게 울리면서도, 내 마음에 스며드는 듯한 온기를 품고 있었다.

아아, 어떻게 하면 이런 식으로 말을 할 수 있을까. 정말 동경하게 된다.

언니는 그 말을 마지막으로 발길을 돌리더니 가벼운 발걸음으로 총총 걸어갔다.

나는 한동안 그곳에 멍하니 서 있다가, 문득「특별한 것」이라는 단어가 어떤 벌의 강도를 의미하는 것이 아닐까 싶어 두려운 마음에, 하다못해 이것만이라도— 라는 생각으로 정성껏 치장한 다음 아침 식사 자리로 향했다.

한창 아침 식사를 할 때에도 언니는 여전히 기분이 좋아 보였다. 아빠의 일이 상당히 호조를 보이고 있는 듯, 조만간 새로운 사업을 전개한다는 이야기가 화제에 올랐으니 그 때문일지도 몰랐다.

그 뒤에도 나는 하루 종일 두려움에 떨었지만, 결국 그날은 「밥」으로 보이는 징벌을 받는 일 없이 밤을 맞이했다.

슬리퍼를 벗어던진 뒤, 침대에 기어들어가 평소처럼 이어폰을 귀에 꽂았다. 그제야 나는 문득 오늘 아침 식사에 나온 흰쌀밥이 몹시 맛있었다는 것을 깨달았다.

칠드런 레코드 side-No.7-

내 머리에 과도한 기대를 한 적은 없지만, 그렇게까지 바보라고 생각한 적도 없다.

시험을 보면 점수는 좋은 편이었고, 전국 모의고사에서 한 자릿수 안에 든 적도 있다. 물론 등수 이야기다.

그랬기에 당시에 머리가 좋지 않은 여동생은 당연한 것처럼 나를 의지했다. 평소에는 건방진 여동생이 「오빠, 부탁할게」 하고 다가오니, 강경파인 나도 그때만은 어쩔 수 없지, 하고 가르쳐주고 마는 것이다. 그런 것만 봐도 내 뇌의 스테이터스가 결코 낮지 않다는 것을 알 수 있다.

물론 그뿐만이 아니다.

예전에 「신타로, 머리 좋구나~」 하고 우리 반의 카스트 제도 상위에 있는 갈색 머리 여자아이가 말을 건 적도 있었다. 후후, 좋은 추억이다.

……아니, 잠깐, 아니다. 그때 나는 「음돗후……」라고밖에

대답하지 못해 한동안 앓아누웠었다. 나쁜 추억이잖아, 제길. 잊자.

아무튼 말이다.

나는 내 머리가 그럭저럭 빨리 돌아가는 편이라고 자부하고 있다. 대부분 한 번 들으면 이해할 수 있고, 기억력도 좋았다. 이른바 두뇌파다. 두뇌맨이다.

그런데 나는 지금 그런 우수한 머리로 고민하고 있다.

어쨌든 나는 조금 귀찮은 상황에…… 아니, 조금이 아니군. 상당히, 아니, 『초특급』 귀찮은 상황에 직면했다.

8월 17일, 오전 두 시.

어두침침한 전구의 불빛 아래에서, 메카쿠시단 아지트의 거실에는 무거운 공기가 흐르고 있었다.

악취미인 장난감과 어느 나라의 것인지도 알 수 없는 기분 나쁜 장식물에 둘러싸인 채 얼굴을 맞대고 있는 우리는, 주위에서 보면 마치 컬트 단체의 간부회처럼 보이겠지.

뭐, 그렇게 틀린 것도 아니다. 이능에 이상, 뭐든 있는 메카쿠시단이다. 수상쩍음으로 말하자면 흔한 컬트 단체에도 뒤지지 않을 것이다.

그런 어둠침침한 공기를 바꾼 사람은 거실에 남은 네 명의 단원 중 한 사람, 단장인 키도였다.

키도는 천천히 입을 열더니 눈을 번뜩이며, 엄청 무시무시한 목소리로 이렇게 말했다.

"……그래서, 뭔가 남길 말이 있나?"

키도가 노려보고 있는 단원 중 한 사람, 오늘의 피고인 1호 카노는 어깨를 움찔 떨었다.

"아니, 그~ 아하하…… 없습니다."

카노의 얼굴에 평소와 같은 표표한 미소는 온데간데없이, 지금은 창백하게 질린 얼굴로 땀을 줄줄 흘리고 있었다.

불쌍하다는 생각도 들지만, 어쩔 수 없다. 솔직하게 말하자면, 나도 카노에게는 조금 화가 난 상태였던 것이다.

뭐, 누구에게나 비밀 한두 가지 정도는 있을 테니 그것은 됐다 치자. 나에게도 비밀 폴더 하나둘, 다섯, 아니, 두 자릿수 넘나? 뭐, 그 정도는 있다.

하지만 말이다.

친구나 가족으로 가장해, 마치 본인인 것처럼 행동했던 것은 조금 도가 지나쳤다.

우선 어젯밤, 모모의 모습으로 가장해 나를 도발한 일이다. 카노의 커밍아웃 뒤에 모모는 별로 개의치 않는 모습이었지만, 나는 기분이 좋지 않았다.

그야 그렇다. 여동생 이외의 누군가가 여동생의 모습으로 나쁜 짓을 하다니, 언어도단이다. 오빠의 입장에서 본다면 당연히 아니요, 다.

그리고 2년 전의 그 날, 아야노의 모습으로 나를 추궁했던 일이다. 카노가 이번 이야기를 털어놓았을 때, 솔직히 이 일이 훨씬 더 힘들었다.

2년 전, 나는 그 말을 계기로 밖으로 나갈 수조차 없게 되었던 것이다. 죽을 정도로 고민했고…… 그야말로 몇 번이나 죽을까도 생각했었다.

카노는 그 정도의 일을 했던 것이다.

분명 그것만 떼어내서 이번 이야기를 들었다면, 나는 이 녀석을 용서하지 못했겠지. 그야말로 평생 동안 계속해서 원망했을 것이다.

하지만 이 녀석은…… 확실하게 모든 것을 털어놓았다.

2년 전 그날부터 오늘에 이르기까지, 카노는 오로지 혼자서 아야노를 구하기 위해 분주하게 뛰어다녔다고 한다.

고등학생 시절 우리가 눈치채지 못했던 아야노의 고민을, 이 녀석은 계속 함께 짊어지고 있었던 것이다.

그것이 사실이라면, 카노가 2년 전에 아야노의 모습으로 말한 그 말—「아무 것도 눈치채지 못했던 너 때문이야」라는 그 말은…… 정말 그 말 그대로였다.

그래, 그 말 자체는 조금도 틀리지 않았다. 우리는 아야노를 둘러싸고 있던 이상한 사태에 대해 무엇 하나 눈치채지 못했으니까.

친아버지가 영문을 알 수 없는 괴물에 침식당해, 동생들과 선배들의 목숨이 위태롭다는 것을 알고…… 아야노는 어떤 기분이었을까.

평소 나누던 실없는 대화 중에도, 어쩌면 도움을 요청하는 말이 숨어 있었을지도 몰랐다.

나는 그런 말도 눈치채지 못한 채, 모든 것을 흘려들어서…….

……후회해봤자, 어쩔 수 없다. 우리가 조금이라도 눈치챘더라면, 아야노는 그런 세계에…….

『아지랑이 데이즈』에 삼켜지지 않아도 되었을지도 모른다.

쏘아 죽일 듯한 시선으로 카노를 노려보고 있던 키도는, 계속해서 부들부들 떨고 있는 카노의 모습을 보고 화낼 마음이 사라졌는지 한숨을 크게 쉬고는 고개를 숙였다.

오랜 시간을 함께 보냈던 가족이, 터무니없는 비밀을 숨기고 있었던 것이다. 키도의 심경도 복잡하겠지.

게다가 내용도 내용이었다. 바로 받아들이는 것은 어려울지도 모른다.

시선을 떨군 채 조용히 바닥을 보는 키도를, 카노가 걱정스러운 듯이 바라보았다. 그 마음속을 짐작하는 것도 어렵지 않았다.

카노 안에 있는 것은 「혼나고 싶지 않다」는 그런 안이한 생각이 아니겠지. 정신이 아득해질 정도의 절망을 홀로 짊어지면서까지 지키고 싶었던 가족이다.

분명 카노는 이번 이야기를 들은 키도가, 자신과 마찬가지로 절망하는 것을 두려워하고 있는 것이다.

누구나 비밀 한두 가지쯤은 가지고 있다. 하지만 대개의 경우, 비밀이라는 것은 자신의 보신을 위해 만드는 것이다.

그 점에서 이 녀석은…… 자신에 대해서는 조금도 생각하지 않았다.

바보처럼 계속해서 누나와 가족을 생각하며…… 눈을 가리고 싶어질 만한 현실에 홀로 맞서고 있었던 것이다.

키도가 숙이고 있던 고개를 들었다.

이 이상 매서운 말을 하려고 하면 아무리 나라도 달래려고 생각했지만, 아무래도 그럴 걱정은 없어보였다.

키도는 불만스러운 듯이 입술을 배쭉거렸다.

"……좀 더 빨리 말하라고, 바보야. 우린 가족이잖아."

키도는 그렇게 말하고 투덜거리더니, 그 이상은 언급하려 하지 않았다.

카노는 그 말을 듣고 순간 울 것 같은 얼굴을 했지만, 바로 표정을 바꾸고 「앞으로는 꼭 그렇게 할게」 하고 멋쩍은 듯 말했다.

두 사람을…… 아니, 우리 모두를 둘러싼 「이상 사태」는 아마도 그렇게 간단히 공략할 수 있는 것은 아닐 것이다.

우리의 바로 눈앞에는 「죽음」이라는 절망적인 전제가 있었고, 지금으로서는 그것을 회피할 방법을 찾지 못했다.

하지만 나는 아주 가까이에서 이 두 사람의 인연을 느끼며 생각했다.

비밀을 이야기하고 그것을 받아들인 뒤, 손을 맞잡고 앞을 향한다. 「메카쿠시단」의 진정한 강함은 분명 여기에 있는 것이다.

「운명」이나 「불합리」라는 강적이 눈앞에 있어도 결코 흔들리지 않는 힘.

혼자서는 대적하지 못할 적이라도 맞설 수 있는 최고의 무기를, 이 녀석들은 이미 갖고 있는 것이다.

……이런, 이런.

보고 있는 내 쪽이 조마조마했지만, 이러니저러니 말해도 사이좋은 남매가 아닌가, 이 녀석들.

카노도 충분히 반성하는 것 같았고, 나로서는 이제 할 말이 없었다.

여하튼 해결해야만 하는 문제는 산더미에 산더미, 산더미 에베레스트인 것이다.

슬슬 본제로 들어가지 않으면, 시간적으로도…….

……그렇게 그런 생각을 하고 있을 무렵, 별안간 시야 구석에서 긴 검은 머리카락이 흔들렸다.

어이어이, 잠깐 기다려, 저 녀석 왜 일어서는 거야. 설마 도망갈 생각은 아니겠지?!

내 예상대로 그 녀석은 키도와 카노가 만든 좋은 분위기를 방패막이처럼 두른 채, 슬금슬금 현관 쪽으로 향하고 있었다.

"……어디 가는 거야, 어디."

조용히 사라지려고 했던 그 녀석은, 등 뒤에서 들려오는 내 말에 움찔하며 발을 멈췄다.

제멋대로 자란 검은 머리카락을 양 갈래로 아무렇게나 묶고, 키도에게 빌린 하얀 파카는 사이즈가 몹시 맞지 않는지 헐렁했다.

"아, 아니, 화장실에……."

필사적으로 사나운 눈매를 누그러뜨리면서 녀석이 어색한 미소로 말하자마자, 키도는 「십 분 전에도 다녀왔잖아. 빈뇨증인가?」 하고 가차 없는 말을 날렸다.

녀석은 잠시 핑계를 짜내는 듯하다가, 결국 포기했는지 내 맞은편 소파로 터덜터덜 돌아왔다.

털썩 앉은 오늘의 피고인 2호 에노모토 타카네는, 2년 전과 다름없는 불량한 태도로 퉁명스럽게 고개를 돌렸다.

"……그래서 뭐, 더 뭐 할 말 있어?"

에노모토의 건방진 태도를 곧이듣고, 내 오른쪽 관자놀이 부근이 빠직하고 소리를 냈다.

"너 이 자식…… 나의 이 치욕으로 점철된 1년간이, 그 정도의 설명으로 정리될 리가 없잖아……!"

에노모토는 내 원망과 증오가 담긴 말을 「흥」 하고 코웃음으로 날리더니, 주눅 드는 일도 없이 이렇게 말했다.

"치욕이라니, 네가 항상 멋대로 창피해했을 뿐이잖아? 컴퓨터에 숨겨둔 음란 동영상을 본 정도로 꺄~ 꺄~ 아우성치기나 하고…… 뭐였더라? 그 동영상의 이름. 분명 『비장! 초 음란 니 삭스……』."

으앗! 느닷없이 그러는 건 반칙 아냐?!

내 머릿속에 설치된 「세이프티 음란 시스템」이 일제히 비상사태를 선언하며, 모든 모공에서 땀이 뿜어져 나왔다.

조속히 이 사태를 수습해야 했기에, 나는 뛰어오르듯이 일어섰다.

"하아아앙?! 너…… 너는 그거잖아! 프라이버시…… 그래! 프라이버시잖아, 너!!"

……침묵.

보지 않아도 알 수 있다. 키도의 차가운 시선이 내 오른쪽 뺨에 푹푹 꽂히고 있었다.

카노는 조금 전 일로 반성 중인지, 평소처럼 포복절도하지는 않았지만, 기분 나쁠 정도의 무표정으로 나를 보고 있었다. 이 자식, 분명 능력을 쓰고 있을 거야.

한편 에노모토는 이성을 잃은 내 모습이 상당히 마음에 들었는지 「푸훗」 하고 심술궂게 웃으며 헐렁한 파카의 옷자락으로 입가를 가렸다.

아아, 제길, 이렇게 보면 정말 똑같다. 어째서 나는 지금까지 눈치채지 못했던 걸까. 만약 과거의 나와 만날 기회가 생긴다면 「우선 전자 기기를 전부 때려 부수고 산에 틀어박혀라」라고 말해주고 싶다.

에노모토는 히죽히죽 웃으며 계속해서 말했다.

"이야~ 그렇다 치더라도 너, 학생일 때에는 점잖은 척 했잖아. 설~마~ 그런 취향을 숨기고 있었다니 놀랐어~. 우와, 정말이지 걸작이라니까, 걸작……."

"너, 너 이 자식……!"

에노모토는 이 세상의 것이라고는 생각할 수 없는 추악한 얼굴로 음습한 언어 공격을 계속했다.

나는 분노로 타버릴 듯한 뇌신경을 필사적으로 진정시키면서 이를 악물었다.

젠장, 설마 이제 와서 이 녀석이 나타나다니! 생각도 못했다.

그것도 하필이면, 이런 최악의 형태로……!

몇 시간 전.

등산으로 인한 피로 때문에 가위에 눌리면서 소파에 파묻혀 있던 내 앞에, 이 녀석이 돌연 「요~!」 하고 얼빠진 대사와 함께 나타났다.

에노모토와는 악연이라고 해야 할지, 하루카 선배의 유일한 동급생이라는 이유도 있어서 예전에는 항상 얼굴을 맞대고 있었다.

당시 이 녀석은 언제나 하루카 선배에게 달라붙어 곁을 맴돌고 있어서, 함께 점심을 먹는 것은 물론이고 휴일에 게임 센터에서 만나는 일도 있었다.

친구냐고 물어보면 서로 「아니」라고 대답하고 싶어질 정도로 견원지간이긴 했지만, 뭐…… 나쁜 녀석은 아니다.

여하튼 당시 우울해했던 하루카 선배를 누구보다 가까이에서 지탱해주었던 것은 다른 누구도 아닌, 이 녀석이었다.

눈매는 사납고 행동도 거칠고 퉁명스러운 데다, 무슨 일이 있을 때마다 생트집을 잡는 악령 같은 여자였지만, 하루카 선배에 대한 일도 있어서, 나는 에노모토를 그럭저럭 인정하고 있었다.

하지만— 나는 지금 그 인식이 얼마나 안이했던 것인지

똑똑히 알게 되었다.

악령 같은 여자라고는 생각했지만, 아니, 그것도 당치 않다. 이 녀석은 악령도 악령이지만, 오소레잔[#2]의 이타코[#3]도 맨발로 도망갈 극악한 악령이었던 것이다.

여하튼 요 1년 동안 나를 괴롭히고 괴롭혔던 역귀(疫鬼)……『에네』의 정체가, 이 에노모토 타카네이니까.

정말로 어째서 이런……. 아니, 정말로 이상하다니까 진짜…….

만약『전 세계 비밀을 들키고 싶지 않은 녀석 총선거』가 있다면, 나는 투표권을 매점해서라도「에노모토 타카네」에게 전부 투표할 거다. 혹시 표가 남으면 카노에게 넣겠다.

하지만 이제 와서 그런 망상에 빠져봤자 득 될 것이 없다. 내 약점이라는 약점은 이미 에노모토가 전부 쥐고 있으니까. 저 녀석이 잠깐「죔죔」이라도 한다면, 내 불쌍한 약점들은 잠시도 버티지 못할 것이다.

아아, 정말이지 어떻게 이런 사태가…… 신은 죽은 것인가!!

에노모토는 추악하고 더럽게 히죽히죽 웃으며 기쁨에 젖어 있었다.

그 모습을 보고 나의 쪼그라든 심장에 투지의 불이 붙었다.

#2 오소레잔(恐山) 아오모리 현에 있는 산. 일본에서는 심령 장소로도 유명하다.
#3 이타코 오소레잔의 무녀. 사령이나 생령, 신령을 몸에 깃들게 하여 그 뜻을 입으로 말한다는 쿠치요세(口寄せ)를 하는 것으로 알려져 있다.

이제까지 방어전만 해온 나이지만, 이대로 갖은 괴롭힘을 받다 죽을 수는 없다. 나 역시 대항책 하나쯤은 갖고 있다.

여하튼 이 녀석이 내 약점을 잔뜩 비축한 요 1년 동안…… 나는『에네』의 정면에 있었으니까.

나는 반격의 횃불을 올리기 위해, 천천히 입을 열었다.

"조잘대고는 있지만, 에노모토…… 네 녀석, 스스로를『전뇌 소녀 에네』라고 하며『주인님, 주인님』하고 뛰어다녔던 걸 잊지 않았겠지!"

생각대로 효과는 바로 나타났다.

에노모토는「앗……」하고 한심한 소리를 내는가 싶더니, 손으로 얼굴을 가리며 바닥으로 무너져 내렸다. 꼴사나운 모습이다.

"그, 그건…… 능력을 사용하면 바보처럼 텐션이 올라가서…… 그, 그 탓에……."

나는 숨이 끊어질 듯한 에노모토의 모습에 개의치 않고 더 몰아붙였다.

"아앙? 그럼 너, 예전부터 자신을『프리티』니『말괄량이 걸』이라고 생각했단 말이잖아? 이야~, 그렇게 음침했던 여자가 설마 머릿속에서는 그런 망상을 하고 있었을 줄은…… 정말 말세다."

내가 그렇게 말하자, 에노모토는 강력한 부적이라도 붙여진 것처럼「꺄아아아악!」하고 단말마의 비명을 지르며 몸을 뒤로 젖혔다. 이 기분은 마치 엑소시스트…… 역시 이 녀석은 악령인 게 분명하다! 사라져라! 네가 가야 할 세계로 돌아가라!

그런 촌극을 계속 펼치고 있을 때, 등 뒤의 문이 탕! 하고 열리더니「시끄러워!! 지금이 몇 시라고 생각하는 거야!」하고 마리의 질책하는 목소리가 날아왔다.

그 자리에 있던 모두가 경직하고 마리 쪽을 바라보자, 마리는「잘 때 불 꺼……」라는 말만 남긴 채 문을 닫았다.

……아아, 뭔가 이건 그거다.

친구 집에 자러 가서 장난치고 있을 때, 어머니에게 혼나는 느낌이었다.

하지만 연장자에게는 거스를 수 없다. 뭐라 해도 마리는 백 살을 넘은 슈퍼 연장자인 것이다.

에노모토와 나는 얼굴을 마주보며 괴로운 표정을 지은 뒤, 거의 동시에 손을 쓱 내밀었다.

"……서로 없던 일로 치자, 신타로."

"……그러자."

우리는 서로 질척하게 땀이 찬 손으로 악수를 나눈 뒤, 휴전 협정을 맺었다.

……아니, 아니다, 이 녀석, 눈이 전혀 웃고 있지 않다. 틈이 생기면 나를 죽일 생각이다. 이건 한동안 문을 잠그고

잘 필요가 있다.

이야기를 들어보니 에노모토도 2년 전 그 날『아지랑이 데이즈』에 접촉한 듯, 그 직후에『에네』의 모습이 되었다고 한다.

아마 아자미의 일기에 적혀 있던『눈을 뜨는』능력이거나『눈을 깨우는』능력 중에 하나를 손에 넣은 것이겠지.

하지만「투명해진다」나「변신한다」는 것은 언뜻 봐도 알기 쉬웠지만, 에노모토의 능력은 조금 해석하기 어려웠다.

몸에서 정신만 분리하여 그것을 생각대로 다룰 수 있다.『에네』를 현실 세계에 구현하는 것은 불가능한 것으로 봐서「유체이탈」과 비슷할까.

뭐랄까, 확실히 에노모토와 어울리는 악령 냄새 나는 능력이다. 카노가 말하길「능력에도 숙주의 취향이 있다」는 모양인데, 정말 좋은 예라고 할 수 있지 않을까.

에노모토는 그 능력을 손에 넣은 뒤,『아지랑이 데이즈』에 삼켜졌을 때 잃어버린 자신의 육체를 찾아 전뇌 공간을 돌아다녔던 모양이다.

에노모토의 말에 의하면 그런 와중에 다다른 곳이 내 컴퓨터였다고 한다.

나는 분위기를 전환하듯이 소파에 몸을 깊이 묻고, 목소리를 낮추며 에노모토에게 물었다.

"하지만 왜 내가 있는 곳으로 온 거야? 다른 곳으로 갈 수도 있었잖아?"

에노모토는 딱히 어려운 질문도 아니라는 듯이 「음~ 그렇지만 하루카는 죽었고 아야노도 없었으니까……」라고 말하며 입술을 비쭉거렸다.

그리고 눈을 치뜨고 나를 보면서 이런 말을 했다.

"게다가 너…… 왠지 내버려두면 죽을 것 같았거든."

"윽……."

핵심을 찔러왔다. 정말 쓸데없는 여자다.

하지만 얼버무릴 말도 생각나지 않았다. 나는 솔직하게 대답하기로 했다.

"……뭐, 부정은 하지 않겠어. 하루카 선배도 아야노도 죽어서 솔직히 엄청 우울했으니까."

그래. 확실히 이 녀석이 「에네」로 나타났을 무렵, 나는 절망의 구렁텅이 안에 있었다.

친구와 선배를 동시에 잃은 슬픔과 카노가 가장했던 아야노의 「그 말」에 사로잡혀서 어떻게 되어버릴 것 같았다.

에네가 찾아온 뒤에는, 확실히 굴욕과 증오로 점철된 나날이었지만…… 어딘가 도움을 받고 있었던 것도 사실이다.

이 녀석이 매일 바보 같은 짓을 저질러준 덕분에 나는 절망에 빠지지 않을 수 있었다. 이 녀석이 와주지 않았다면,

어쩌면 나는 정말로…….

내가 그런 생각을 하고 있을 때, 에노모토가 갑자기 안절부절못하며 다리를 떨기 시작했다.

무슨 일인가 싶어 바라보자, 에노모토는 더는 못 참겠다는 모습으로「너, 하루카도 아야노도 죽어서라고 했지만, 그거랑 또 하나 뭔가 있지 않아?」하고 투덜거렸다.

……아아, 뭐야. 그런 건가?

나는 에노모토가 불쾌해하는 이유를 깨닫고, 에노모토에게 들리지 않도록 작게 한숨을 쉬었다. 바로 대답하지 않으면 귀찮게 굴 테니, 원하는 말을 해주기로 했다.

"그야, 2년 전 네가 사라진 것도 당연히 쇼크였어. 꼭 말로 해야겠냐? 정말이지……."

"응, 좋아."

에노모토는 내 말에 만족했는지, 어울리지 않게 활짝 웃었다. 정말 이런 사소한 부분을 신경 쓰는 부분은 확실히「에네」다. 어쩐지 이상한 부분에서 실감이 났다.

"이야~, 그 말을 듣고 안심했어. 뭔가 계속 꿈을 꾼 게 아닐까~ 하고 생각했거든."

에노모토는 그렇게 말하며 가슴을 쓸어내리더니, 뻗고 있던 다리를 접고 소파 위에 책상다리를 하고 앉았다.

무슨 말인지 이해하지 못한 내가「무슨 뜻이야?」라고 물어보자, 에노모토는 살짝 얼굴을 찌푸렸다.

"아니, 『에네』의 모습이 된 뒤로, 온 네트워크를 찾아다녔지만 말이야. 하나도 없었어. 내가 실종되었다는 기사가."

에노모토는 불가사의한 표정으로 계속해서 말했다.

"하루카의 병사랑 아야노의 자살, 그리고 내 실종…… 이거, 전부 같은 날에 일어났거든? 보통 『뭔가 이상하다』라는 이야기가 나오지 않나?"

정확히 꼬집는 것이 어쩐지 짜증났지만, 에노모토의 생각에는 동감했다.

에노모토가 말한 대로 2년 전 8월 15일에 일어난 몇 가지 현상에는 이해하기 어려운 점이 너무 많았다.

하루카 선배의 「병사」는 어찌되었든, 아야노의 「자살」과 에노모토의 「실종」이 같은 날에 일어났다는 것은 평범하게 생각했을 때 보통 일이 아니었다.

뭔가의 관련성…… 그야말로 사건이 아닐지 의심해봐야 한다. 그런데도 뉴스 기사가 하나도 나오지 않았다는 것은 아무래도 이상한 이야기였다.

어떻게 대답할까 내가 망설이고 있을 때, 에노모토가 찌르고 들어왔다.

"아니, 너 그때 뉴스도 안 봤던 거야? 그 무렵부터 방에 틀어박혔지?"

에노모토의 노골적인 말투는 조금 신경에 거슬렸지만, 나는 그에 대해 언급하지 않고 고개를 가로저었다.

"안 봤어. 죽은 지인이 보도되는 건 보고 싶지도 않고…… 애초에 그때는 우울해서 TV 같은 건 볼 여유도 없었으니까."

내 말에 에노모토는 「뭐, 그럴 만도 한가……」라고 말한 뒤에 미안하다는 듯이 물러났다. 왜 평소에는 이렇게 기특하게 굴지 않는 걸까.

"……아아, 난 그때 뉴스 봤어."

끼어들 듯이 말한 이는 카노였다.

"타카네가 말한 것처럼 역시나 그 무렵에는 놀라울 정도로 아무 것도 보도되지 않았어. 솔직히 TV를 보면서 통감했지."

카노는 목소리를 낮추며 강조하듯이 다음 말을 입에 담았다.

"……누나가 말한 대로 이미 이 마을 전체가 뭔가 『이상한 힘』에 지배받고 있다는 걸."

잠시 침묵이 흘렀다.

카노는 딱히 겁을 줄 생각으로 말한 것은 아니었겠지만, 에노모토는 어울리지 않게도 조금 겁을 먹은 눈치였다.

뭐, 무리도 아니지.

카노가 말하는 『이상한 힘』의 이야기가 사실이라면, 우리가 지금까지 「상식」이라고 생각했던 모든 것이 깨지게 되니까.

에노모토가 입을 다물어 버렸기에, 내가 이야기의 흐름을 이끌어나갔다.

"네가 말했던 『눈을 맑게 하는』 힘이라는 건, 그렇게 간단히 이 마을을 장악할 수 있는 능력인 거야?"

카노는 「단순히 능력이 굉장하다는 것과는 조금 다를지도……」라고 서두를 떼더니, 회상하듯 이야기를 시작했다.

"조금 전에도 말했지만, 아버지에게 깃들어 있는 『눈을 밝게 하는』 능력에는 자아가 있어. 그 『자아』라는 게 아무래도 성가셔서 말이야. 머리가 엄청 좋다고 할까…… 터무니없는 양의 『지식』을 쌓아두었다는 느낌이야. 가정이긴 하지만, 그 녀석은 이쪽 세계에 나온 뒤, 아버지의 몸과 그 『지식』을 사용해서 돈과 힘을 모은 게 아닐까 싶어. 그야말로 이 마을 전체를 장악할 수 있을 만한 『권력』같은 것을—."

카노는 잠시 말을 멈추더니 다리를 좌우로 바꿔 꼬면서 「조금 농담 같은 이야기지만」 하고 덧붙였다.

농담 같은 이야기라…….

확실히 이 정도로 농담 같은 이야기도 없겠지.

카노의 말을 정리하자면 「터무니없는 양의 지식을 지닌 인간이, 홀로 마을을 뒤에서 바꾸고 있다」는 것이다.

막대한 지식…… 그야말로 문명의 기원에서 현대 과학에 이르기까지의 모든 지식을 망라한 인간이 정말로 실재한다면, 카노가 말한 것이 결코 이상한 이야기는 아니다. 『눈을 밝게 하는』 능력이라는 것이, 모든 것이 이룩된 과정을 전부 파악하고 인간의 심리까지도 다룰 수 있는 방법을 알고 있다면, 마을 하나를 뒤에서 좌지우지하며 장악하는 것도 불가능한 일은 아니겠지.

다만 그것은 터무니없이 「비상식적인」 이야기다.

우리에게는 「상식」이라는 사고 범위의 경계가 있어서, 그것을 초월하는 존재를 아무런 전제도 없이 인정한다는 것은 그렇게 간단하지 않았다.

하지만—.

「상식」이란 가정일 뿐, 결코 「현실」의 이야기는 아니다.

나는 요 사흘 동안, 지금까지 살아온 인생을 통해 얻은 「상식」이라는 가치관이 얼마나 취약한 것인지를 깨달았다.

나타난 「눈」의 능력자들, 이 세계와는 동떨어진 「이(異)세계」, 교묘하게 꾸며진 「비극」…….

모든 「비상식」은 서로 이어지며, 지금 내 눈앞에는 그저 「현실」이라는 이름의 틀림없는 사실이 펼쳐지고 있었다.

머리로 아무리 의심하려고 해도, 여봐란 듯이 눈앞에 드러나면 어쩔 도리가 없다.

이미 상황은 이것을 믿느냐, 믿지 못 하느냐의 단계를 벗어나버린 것이다.

"……정말이지, 웃음만 나오네."

내 입에서 흘러나온 말에 에노모토는 눈살을 찌푸렸다.

"아니, 지금 이야기의 어디가 웃기다는 거야? 머리가 이상해진 거 아냐?"

"아니, 정상이야. 카노와 네 이야기에는 충분히 놀라고 있고, 위험한 상황이라는 것도 대충 이해하고 있어. 그저……."

나는 거기까지 말한 뒤, 순간 계속해서 이야기해야 할지 고민했다.

아마 어제까지의 나였다면 「아무 것도 아니야」 하고 얼버무리고 입을 다물었을 것이다.

하지만 어째서인지 지금은 본심을 숨길 필요성을 느끼지 못했다. 나는 말도 고르지 않고 이렇게 말했다.

"영문도 모른 채 방에 틀어박혔던 시절보다, 사정을 들은 지금이 훨씬 더 낫다는 생각이 들어서. 비상식이든 뭐든, 어떤 상황인지 알면 거기에 맞설 수도 있잖아. 오히려 속이 시원하다고 할까, 뭐라고 해야 할지…… 그런 느낌이야."

마지막 부분은 잘 정리가 되지 않았지만, 내가 하고 싶은 말은 전해진 모양이다.

가만히 듣고 있던 카노도 내 말에 긴장이 약간 풀렸는지 「아주 믿음직하네, 우리 신입 단원 씨는」 하고 농담을 날렸다.

하지만 에노모토는 아무래도 찜찜한 부분이 남았는지 「으음……」 하고 작게 신음하는가 싶더니 입을 열었다.

"선생님이 이상해졌다는 이야기, 아야노에게 받은 문자에도 적혀 있었지만 말이지. 능력을 써서 그런 짓을 하고 있다는 말은, 역시 선생님은 우리가 입학하기 전부터 이것저것 꾸미고 있었다는 거네…….

하루카와 선생님은 오래 알고 지냈던 모양이고, 나도 중학교 3학년 무렵에 느닷없이 할아버지에게 그 고등학교를 추천받았으니까…… 결국 능력을 손에 넣기 위해 우리를 모으고 살해했다는 건가…….”

에노모토는 그렇게 말한 순간, 울 것 같은 표정을 지으며 고개를 숙였다.

“계속 생각하지 않으려고 했지만…… 어쩐지 뭐가 뭔지 모르겠어. 정말 뭘 믿으면 좋을까…….”

나는 더 이상 견딜 수가 없어서 무슨 말이라도 하려고 입을 열었지만, 아무래도 마땅한 말이 떠오르지 않았다.

내가 곤란해 하고 있을 때, 그것을 눈치챘는지 카노가 이어받듯이 에노모토를 향해 몸을 돌렸다.

“가족을 감싸려는 건 아니지만, 아마 아버지는 자신이 능력자라는 걸 눈치채지 못한 게 아닐까.”

에노모토가 고개를 들었다. 아니나 다를까, 눈에 눈물이 글썽거렸다.

“그 능력, 자아를 빼앗는 능력 같으니까, 자아를 빼앗긴 동안의 기억은 남지 않을 거라 생각해. 그러니까 타카네나 우리 가족을 대했을 때의 아버지를…… 믿어주었으면 해.”

카노의 말을 들은 에노모토는 입술을 잠시 깨문 뒤에 「그렇구나……」 하고 다시 고개를 숙였다.

에노모토와 하루카 선배가, 아야노의 아버지를 「담임교사」로 존경했던 것은 알고 있다.

그런 사람이 자신들을 죽이려는 계획을 세우고 있었을지도 모른다는 것이다. 나는 그 충격을 전혀 가늠하기 어려웠다.

하지만 에노모토는 확인하듯이 「응, 응」 하고 고개를 끄덕이더니, 기세 좋게 고개를 들었다. 그 표정은 완전 평소와 같았다.

"응. 선생님은 여러모로 좋은 사람이니까, 믿을게. 그도 그럴 게 아무리 봐도 흉계를 꾸미기엔 영 어설퍼 보이고……. 그리고 어느 쪽이냐 하면 맑게 하기는커녕 『흐리멍덩하다』는 느낌인걸. 응, 전부 능력이 나쁜 거야."

에노모토는 그렇게 말한 뒤 뭔가 개운해진 것처럼 「흐흥~」 하고 거칠게 콧김을 내뿜었다.

뭔가 잘 이해할 수 없는 논리였지만, 본인은 납득한 모양이다.

뭐, 이 녀석이 침울해하면 어쨌든지 나도 우울해지니까, 평소대로 돌아왔으니 잘됐다 치자.

"하지만 말이야, 그렇게 일을 크게 벌려가면서까지 그 『눈을 맑게 하는』 능력이 우리를 죽이고 싶어 하는 이유는 뭐야? 그렇게나 이것저것 할 수 있다면, 우리 같은 건 내버려두고 마음대로 하면 되잖아."

카노는 그 말을 듣고 어깨를 축 늘어뜨렸다.

"어, 음…… 내가 조금 전에 설명하지 않았던가?"

"음, 했을지도 모르지만, 이해가 잘 안 가서……."

서로 고개를 갸웃하는 두 사람을 보고, 나는 어이가 없어서 말참견했다.

"『메두사를 만든다』……. 그게 그 녀석의 목적이잖아? 카노."

"맞아. 이야~, 신타로가 있으니 이야기가 빨라서 다행이야, 정말……."

오우, 에노모토의 이해력과 같은 취급을 받다니 유감이다.

아니나 다를까, 에노모토는 분한 듯이 「아니, 그건 알고 있었거든?! 메즈사 말이지, 메즈사」 하고 자신의 바보 같은 부분을 드러내고 있었다.

아자미의 일기에도 적혀 있었지만, 『눈의 능력』은 모두 열 종류가 존재하는 모양이다.

그 모든 능력을 합쳐서 현대에 메두사를 부활시키려는 것이, 카노가 말한 『적』의 목적인 것 같다.

하지만 그 『합체한다』는 것이 엄청 위험했다. 능력을 융합하기 위해서는, 능력자의 「죽음」이 전제 조건이기 때문이다.

『적』이 계획하고 있는 메두사의 부활…… 그것은 나를 제외한 「메카쿠시단 전원의 죽음」과 같은 의미였다.

정말이지 바보 같은 이야기지만…….

"……막아야만 해."

내 말에 카노와 에노모토는 호흡을 맞추듯이 고개를 끄덕였다.

"아무튼, 시간도 없잖아? 막아야 한다면 빨리 시작하자고."

"그러네. 울든 웃든 내일 밤에는 모든 게 끝날 거야. 지금부터라도 작전을 세워야 한다고 생각해."

카노는 그렇게 말하고 기지개를 쭉 폈다. 이렇게 보니, 어쩐지 고양이 같은 녀석이다.

생각해보면 이 녀석은 요 며칠 동안 이런 무방비한 몸짓을 그다지 하지 않았던 것 같다.

카노도 비밀을 털어놓고 긴장이 조금 풀렸을까. 모든 것이 무사히 끝나면, 옛날이야기를 더 들려줄지도 모른다.

아야노에 대해, 하루카 선배에 대해…… 내가 알지 못했던 그 시절의 이야기를—.

……뭐, 전부 끝난 뒤에 생각하기로 할까.

나는 느슨해진 사고를 바싹 조이듯이 숨을 후우 내쉰 뒤, 멤버들의 얼굴을 둘러보았다.

"그럼……. 아니, 뭘 자고 있는 거야. 어이, 단장, 일어나."

내가 어깨를 흔들자, 잠들려던 키도는 성가시다는 듯이

눈을 떴다.

정말이지, 이 녀석이 단장이라니 앞날이 훤하다.

아니, 이 녀석이나 저 녀석이나 모두 다를 게 없나. 이 아지트에는 이런 비상사태 속에서도 코를 골면서 잠들 수 있는 녀석들이 잔뜩 있다.

나는 카노 쪽으로 몸을 돌리며 이렇게 말했다.

"그럼, 작전 회의를 시작할까. 실수하면 한 방에 게임오버잖아?"

카노는 히죽 웃었다.

"아, 신타로, 게임을 잘한다 했던가? 이거 조금 기대해도 되려나~?"

나는 호언장담하며 카노의 귀여운 도발에 응했다.

"누구에게 하는 소리야? 너희 아버지가 만든 게임…… 퍼펙트로 클리어한 건 나뿐이라고?"

내가 생각해도 그리운 이야기를 꺼냈다.

『헤드폰 액터』…… 학교 축제의 여흥이라고는 하지만, 꽤 재미있게 했던 게임이었다.

카노는 쿠쿡 하고 평소처럼 웃더니, 몸을 내밀었다.

"좋아, 신타로. 아침까지라도 함께 할게."

카노도 나름 뭔가가 개운해진 것이겠지. 아군이라고 생각하면, 이 녀석만큼 든든한 녀석도 좀처럼 없다.

나는 속마음을 털어놓은 이 녀석을 조금도 의심하지 않

았다.

문득 돌아보니 키도가 에노모토를 물끄러미 바라보면서 뭔가 말을 망설이는 듯했다.

에노모토가 「뭐, 뭐야?」 하고 묻자, 키도는 허둥지둥 대답했다.

"아, 아니…… 너를 뭐라고 부르면 좋을지 몰라서……. 『에노모토』라고 부르려니 뭔가 어감이 촌스러워서……."

어이, 무슨 소리야. 어감에 대한 이야기를 하려면 「신타로」는 어떤데. 촌스럽지 않은 건가.

태클을 날리고 싶어지는 마음을 억누르면서 바라보자, 에노모토는 부끄러운 듯이 「에네라고 해도 돼. 바꾸는 것도 귀찮잖아」라고 말했다.

알고 보니 『에네』라는 이름은 에노모토의 닉네임이었던 모양이다.

현실 세계에서 그 이름으로 불리다니, 이 녀석의 성격을 생각하면 이 이상 부끄러울 수가 없겠지. 정말이지, 메카쿠시단 대단하다.

그렇게 해서 나는 겨냥도를 펼친 뒤에 펜을 들었다.

『적』 아지트의 전모는 조금 놀라웠지만, 계속된 「이상」 사태로 감각이 마비되었는지, 별거 아닌 것처럼 보였다.

녹초가 된 하루였지만, 이제 졸음도 가셨는지 머리는 꽤

나 맑았다. 밤은 아직 길 모양이다.

카노 일행의 아버지에게 깃든『눈을 맑게 하는』능력은 이미 이 마을을 완전히 장악했고, 우리를 집어삼키려고 입을 크게 벌리며 기다리고 있다.

이제 이 마을에서 신용할 수 있는 어른은 한 명도 없다고 생각해도 좋겠지.

우리가 상대하고 있는 것은, 아자미에게『아지랑이 데이즈』를 만드는 방법을 알려준, 진정한『괴물』이다.

꾸물거릴 시간은 없다. 지금 당장에라도 적의 책략을 타파할 방법을 찾아내지 않으면, 우리는 한 명도 남김없이『괴물』의 먹이가 될 것이다.

……문득 머릿속에서 지금까지 느껴본 적 없는「뭔가」가 활활 타오르는 감각이 들었다.

나는 잠시 생각한 뒤, 무심코 히죽 웃었다.

수수께끼 조직과 싸우고, 초현실적인 현상이 일어나고, 괴물이 등장하자 동료들이 집결하고…….

"……내가 주인공 카드를 뽑았는걸."

내 머리를 과신하는 것은 아니지만, 눈앞에 펼쳐지는『절망』을 밀어내지 못할 거라는 생각도 들지 않는다.

키도가 이 자리의 분위기와 별난 취향에 맞춰 선언한『아지랑이 데이즈 공략 작전』. 오늘 밤, 그 녀석을 현실로 만든다.

아무래도 이 작전에는…… 우리 모두의 운명이 걸려있으니까.

실상 워드 3

엄마는 생전에 모두가 좋아하는 사람이었다.

외모도 남들보다 신경 썼으니 분명 그 이유도 있다고 생각하지만, 무엇보다 미소가 멋진 사람이었기에 그쪽에 끌린 사람이 많았을 거라 생각한다.

나로서는 여자 혼자의 힘으로 나를 키운다는 것이 얼마나 큰일이었을지 짐작하기 어렵지만, 적어도 나는 엄마가 나 때문에 괴로워하는 모습을 본 적이 없었다.

항상 웃는 얼굴로, 어디에 가더라도 어린아이처럼 좋아하는 명랑한 사람이었다.

분명 모두 그런 엄마를 정말 좋아했을 거라 생각한다. 엄마의 장례식 날, 참석한 많은 사람들은 다들 똑같이 굵은 눈물방울을 뚝뚝 흘렸다.

태어나서 처음으로 아버지와 만난 것은, 정확히 그 날 오후였다.

모두가 오열을 터뜨리는 가운데, 눈물 한 방울 흘리지 않고 시간만을 신경 쓰던 아버지의 이질적인 모습을 지금도 기억하고 있다.

엄마 지인의 이야기에 의하면 아버지에게는 엄마와 만났을 무렵부터 이미 가족이 있었고, 엄마가 죽을 때까지 내가 태어난 것도 몰랐던 모양이다.

그런 이유로 많은 사람들이 아버지가 나를 떠맡는 것을 반대했지만, 아버지에게는 아무도 불평할 수 없을 정도의 재산이 있어서, 장례식 날 밤에 나는 이 방에서 샹들리에를 바라보며 뒹굴었다.

나는 아버지가 어떤 생각으로 나를 이곳으로 데려왔는지 모른다.

저택의 사용인들은 아직까지 나를 곱지 않은 눈으로 보고 있고, 아버지의 부인…… 요컨대 지금의 어머니에 해당하는 사람은 만난 적도, 목소리를 들은 적도 없었다.

"어머니는 원래부터 방에만 틀어박혀 있는 사람이야."

언니는 그렇게 말했지만, 그것은 언니의 배려겠지. 언니에게는 비밀로 하고 있지만, 실은 예전에 사용인에게 이런 말을 들은 적이 있었다.

"사모님은 당신 일도 있어서 몸이 안 좋아지셨어요. 분별

있게 행동하세요."

사소한 부탁을 하려 했을 뿐인데 그런 말을 들으니, 나는 몹시 곤란했다. 나도 딱히 오고 싶어서 온 것은 아닌데…….

게다가 그 존댓말. 그것을 들을 때마다 정말로 기분이 나빠졌다. 왜 저런 고압적인 말투를 써야만 하는 걸까.

그런 일을 통해 적어도 이 집 사람들이 나를 싫어한다는 것만은 짐작할 수 있었다.

7월. 이곳에 살기 시작한 지도 벌써 반년이 지났다.

내 일과는 언니에게 빌린 책을 읽는 정도로, 달리 이렇다 할 만한 역할도 부여받지 못한 채 게으른 생활을 보내고 있었다.

응접실에 있는 TV는 자유롭게 봐도 좋다고 했지만, 사용인들과 만날 것을 생각하면 아무래도 그럴 생각이 들지 않았다.

오늘도 아버지가 물려준 책상에 엎드려서 한가한 시간을 주체 못하고 있었지만, 오후의 기운을 받아서 그런지 나는 문득 나가고 싶은 기분에 사로잡혔다.

원래 밖에서 노는 걸 좋아하지 않았고 운동신경이 뛰어난 것도 아니었지만, 이렇게 인도어 생활이 오래 계속되니 뭔가로 발산하고 싶어졌다.

그렇게 결심한 나는 무거운 앤티크 풍의 의자를 무릎 뒤로 민 뒤, 그 기세로 문 쪽으로 몸을 돌렸다.

그렇다고 해도 이대로 밖으로 뛰쳐나가 가까운 공원에서 축구를 할 수는 없었다. 주변 지리를 잘 모르기도 하지만, 이 저택의 사람들은 내가 외출하는 것을 그다지 좋게 생각하지 않는 듯, 기본적으로 무단 외출은 금지되어 있었다. 그래도 원하는 것을 말하면 바로 사다주고, 애초에 밖에서 볼 일이 생기는 것도 난처하기에 지금은 곤란하지 않았다.

뭐, 간곡하게 부탁하면 잠시 동안의 외출은 허락해줄 지도 모르지만, 만나기만 해도 마음이 무거워지는 사용인들에게 기분 전환용 외출에 동반을 부탁하는 것은 말도 안 된다.

어디 공원이 아니더라도, 축구 정도라면 할 수 있는 장소가 있었다. 키도 가(家)의 안뜰은 내가 그렇게 생각하기에 시간이 필요 없을 정도로 무척 넓었다.

그렇게 결정하자 의욕이 솟아올랐다. 나는 슬리퍼에서 신발로 갈아 신고, 스스로를 재촉하듯이 방을 나와 안뜰로 향했다.

오후의 저택은 오늘도 한적했다.

저택은 커다란 안뜰을 둘러싸듯이 세워져 있어서, 건물 내부도 당연히 예사롭지 않을 정도로 넓었다. 지금은 길을 알지만, 이곳에 막 왔을 무렵에는 한참을 헤매다 고역을 치른 적이 있었다.

언니가 말하기를, 아버지는 「재벌 관계」라는 일을 하고 있는 모양으로, 그것은 모두 증조부 대부터 이어진 유서 깊은 일이라고 한다.

예전에 언니가 「이 저택은 지금으로부터 약 60년 전에 조부가 세웠다」고 의기양양하게 이야기했던 것을 떠올렸다.

60년이라고 해도 감이 딱 오진 않지만, 복도 이곳저곳에 가지런히 설치된 여러 도구들을 보면 그 세월이 느껴지지 않는 것도 아니었다.

2층 복도 끝에 다다라 그곳에 걸려있는 조부의 초상화를 향해 무심히 인사를 한 뒤, 1층으로 이어지는 계단을 내려갔다.

1층 복도에 내려서자, 위가 쓰릴 정도의 암적색의 플로어 카펫이 2층 복도와 똑같은 길이로 끝없이 이어지고 있었다.

이곳에 와서 조금 넌더리나기 시작한 나 자신을 깨달았다. 운동하기 위해 정원으로 향하고 있는데, 이런 곳에서 숨이 차다는 것은 어찌된 일인지…….

목적지는 바로 눈앞이다. 차라리 달릴까, 키도 츠보미.

좋아, 하고 내가 아킬레스건을 뻗으려 할 때, 조용하던 복도에 한 줄기의 선율이 울려 퍼졌다.

음색에 숨결은 느껴지지 않았다. 섬세하고 평온하면서도, 어딘가 끼익하고 끈적이는 듯한 이 소리를 나는 알고 있었다.

"……바이올린 소리다."

나는 그것에 이끌리듯이 소리가 울리는 쪽으로 한 발 한

발 다가갔다. 우연하게도 소리가 나는 곳은 안뜰인 모양이었다.

안뜰에 다다르자, 안뜰로 이어지는 문이 열려 있었다. 그 때문에 선율이 저택으로 흘러들고 있었던 것이다.

가까이에서 듣는 바이올린의 음색은 듣기 좋은 영역을 떠나, 정말 선명하고 강렬하다고 형용할 만했다.

실제로 듣는 악기의 소리라는 것은, 그저 단순히 「아름다운」 것이 아니었다. 독특한 바이브레이션이나 뒤틀림, 우발적인 이음(異音), 그런 것들이 뒤섞여 비로소 음색이 만들어졌다.

가사나 노래의 매력은 잘 모르지만, 악기가 만들어내는 선율에는 마음이 끌리는 구석이 있었다.

하지만 바깥을 들여다보려고 흥미본위로 고개를 뺀 순간, 퍼뜩 생각이 미쳤다. 지금 내가 얼굴을 내밀면 연주를 방해하게 되는 게 아닐까.

그래. 방해하는 것도 미안하니, 이왕이면 여기에서 잠시 듣고 있기로 하자.

문 옆의 벽에 등을 기댄 채, 그대로 소리를 내지 않도록 조심히 앉았다. 눈을 감고 선율에 귀를 기울이자, 돌연 졸음이 몰려왔다.

이런 곳에 앉아 졸 수는 없다며 자제심을 끌어올리려 했지만, 안뜰에서 불어오는 시원한 여름 바람에 내 의식은 덧

없이 날아갔다.

……시간이 얼마나 흘렀을까. 푹 잠들었던 나에게는 아주 짧게 느껴졌지만, 의식이 돌아오니 상황은 일변했다.

바이올린 음색은 끊어졌고, 불고 있던 바람도 그친 상태였다. 어라? 하고 눈을 뜨자, 그곳에는 무뚝뚝한 표정으로 나를 내려다보는 언니가 있었다.

"……품행이 좀 단정치 못하구나, 츠보미."

"으앗……!"

놀란 나는 바로 일어서려고 했지만, 허둥대다 바닥을 짚은 손이 미끄러지는 바람에 그 자리에 털썩 쓰러져버렸다.

신음 소리도 내지 못한 채 바닥에서 몸을 떼면서, 이번에는 양손을 써서 제대로 일어났다.

서둘러 아무렇지 않은 척 했지만, 무뚝뚝했던 언니의 표정은 어이없다는 표정으로 바뀌어 있었다.

아아, 또다. 또 저질러버렸다. 나는 정말이지 실수의 천재인 게 아닐까 싶다.

어쨌든 나는 입을 열고 숨을 들이쉬었다. 이럴 때에야말로 진정하고 의사를 확실하게 전해야 한다.

"자, 잠들어버렸어요. ……죄송합니다."

머릿속에 떠오른 말을 예전보다 훨씬 간단히 입 밖으로 내뱉을 수가 있었다.

"그래. 앞으로는 조심해."

언니는 고개를 끄덕이더니, 그 이상 뭔가를 언급하지는 않았다.

요 몇 개월간 나는 말문이 꽤 트인 게 아닐까.

아직 유창하다고 보기엔 어렵지만, 간단한 의사 표현 정도라면 누구에게나 할 수 있었다. 이건 모두 언니가 매일 나에게 부지런하게 말을 걸어준 덕분이다.

그렇다고 하더라도 여전히 실수가 많은 나는, 상황에 따라서는 호된 꾸중을 듣기도 했다.

하지만 언니는 절대로 나를 아무 이유 없이 괴롭히지는 않았다. 언제부터인가 나는 이 저택의 누구보다도 언니를 신뢰하게 되었다.

"그나저나 왜 이런 곳에 앉아서 존 거야? 낮잠을 자고 싶었다면 방에 있는 침대에서 자는 게 편할 텐데."

언니가 고개를 갸웃했다.

딱히 잠자기에 좋을 것 같아서 이런 곳에서 잠든 것은 아니었다. 나는 해명하기 위해 다시 입을 열었다.

"바, 바이올린 연주를 듣고 있었어요. 그랬더니…… 그만……."

"바이올린 연주? 흐음, 내 방에서는 안 들렸는데……. 누가 연주하고 있었던 거지?"

무심코 「네?」 하는 소리가 나올 뻔한 것을 참았다. 나는 틀림없이 언니가 연주하는 거라고 생각했는데, 그게 아니었나?

확실히 다시 생각해보니, 소리에 마음을 빼앗겨서 연주하는 사람의 얼굴은 확인하지 못했다.

"연주 소리만 들어서, 그…… 얼굴은 보지 못했어요."

"딱히 사과할 일은 아니야. 신경 쓰지 마. 하지만 바이올린이라……. 이 집에서 연주할 수 있는 사람이 있었던가."

"……네?"

이번에는 참을 수가 없었다.

「누군가가 노래하고 있었다」면 이야기가 다르지만, 바이올린 연주는 누구나 할 수 있는 것이 아니다.

나야 모를 수도 있지만, 가족의 일원인 언니가 모를 수가 있을까.

"흠. 어쩌면 이건 **그거**일지도 모르겠군."

언니는 그렇게 말하더니 팔짱을 끼고 반응을 살피듯이 내 얼굴을 힐끗 바라보았다.

"**그거**라뇨……?"

내 물음에 언니는 목소리를 살짝 깔면서 「츠보미에게는 말한 적이 없었구나」 하고 뜸을 들였다.

뭘까, 어쩐지 좋지 않은 예감이 든다. 하지만 다음 이야기가 아무래도 신경 쓰였다.

내가 머뭇거리자, 언니는 과장된 말투로 이렇게 말을 꺼냈다.

"예전에 이야기했지? 이 저택에는 유래가 있다고."

예전에 60년 전 어쩌고 했던 이야기 말인가. 그렇게 단정하고 고개를 끄덕였다.

"이 저택이 지어졌을 당시에는 나라의 정세도 불안정해서 말이지. 그런 시대에 이런 엄청난 저택을 지었으니, 조부는 상당히 안 좋은 의미로 눈에 띄었던 모양이야. 금품을 노린 좀도둑이 침입한 것도 한두 번이 아니었던 것 같고."

머릿속에 초상화로만 봤던 조부의 얼굴이 떠올랐다. 좀도둑의 얼굴은 어째선지 표주박 섬을 떠들썩하게 만들 것 같은 둥근 얼굴의 해적[#4]으로 재생되고 있었다.

"그런 일이 몇 번이나 계속된 탓에, 조부도 완전히 우울해진 모양이야. 좀도둑을 상대로 더 이상 참을 수 없었던 건지, 어느 날 몰래 들어온 패거리를 저택 지하실에 가둬버렸다고 해. 딱 이 복도 바로 아래였던가."

언니는 그렇게 말하더니 신발 끝으로 바닥을 툭툭 두드렸다.

둥근 얼굴의 해적들이 지하 감옥에 갇혀서 훌쩍거리는 것을 상상하고 있던 나는, 그 감옥이 바로 여기 아래라는 이야기를 듣고 뒷걸음질 쳤다.

내가 살고 있는 집의 지하에서 예전에 그런 일이 일어났다니, 생각만 해도 무서웠다.

#4 둥근 얼굴의 해적 NHK에서 방송됐던 인형극 『불쑥 표주박 섬(ひょっこりひょうたん島)』에 나오는 해적 토라히게의 이미지.

"하, 하지만 옛날이야기잖아요."

언니는 내 질문에 기다렸다는 것처럼 대답했다.

"글쎄, 어떨까……. 하여튼 가뒀다는 이야기는 있어도, 도망쳤다는 이야기는 들은 적이 없어. 확인하려고 해도 지하실로 이어지는 문의 자물쇠는 조부 대부터 행방을 알 수가 없거든."

도망쳤다는 이야기가 전해지지 않는다는 것은, 계속 갇혀 있었다는 말일까.

60년 동안 갇혀 있는 사람이, 밥도 먹지 못한 채 살아있을 리는 없을 테니 당연히…….

……아니, 잠깐 기다려. 이건 설마, 무서운 이야기인가?

"저, 저기!"

"응?"

언니의 입꼬리가 살짝 올라갔다.

"이, 이, 이런 이야기는, 조, 좋지 않은 것……."

"그래? 가끔은 괜찮지 않아? 이왕이면 마지막까지 듣는 게 어때?"

"아, 아니, 저녁 식사 시간도 가까워졌으니까, 여기까지만 들어도 괜찮은데……."

필사적이었다. 시계도 보지 않았으면서, 나는 왜 저녁 식사 시간을 들먹였을까. 아니, 알게 뭐냐. 이 이야기를 멈추는 거다.

"아니, 나도 이야기를 시작했더니 아무래도 열중하게 돼서 말이야. 여기부터가 재미있거든. 부디 마지막까지 들어줬으면 하는데……."

입술을 떠는 나와는 대조적으로 언니는 웃음을 참고는 있었지만, 상당히 즐거워하고 있는 모습이었다. 어디가 사람을 이유 없이 괴롭히지 않는 사람이라는 거냐. 나는 당신을 신뢰하고 있다고.

아아, 무리다. 무서운 이야기만은 정말로 무리다. 밤에 잠을 못 자는 게 문제가 아니다. 나 정도가 되면, 낮에도 잠을 잘 수 없게 되는 것이다.

여기서 이야기의 결말까지 들어버리면 끝장이다. 오늘부터 매일 밤, 둥근 얼굴의 해적이 나오는 악몽에 시달리다니, 절대로 사양이다. 이렇게 되면 이제 무릎을 꿇고 비는 수밖에 없다.

그런 생각을 하는 내 모습이 재미있었는지, 언니는 아하하! 하고 호쾌하게 웃더니 내 머리를 토닥토닥 두드렸다.

"너 정말 귀엽구나. 아니, 미안 미안, 농담이야. 잠이 확 달아났지?"

잠이 확 달아나기는커녕 하마터면 두 번 다시 잠들 수 없게 될 뻔했다. 정말이지…….

언니는 짓궂게 웃었지만, 품위 없어 보이지 않는다는 게 치사했다. 이렇게 되면 버럭 화를 내는 것도 촌스러운 기분이 든다.

그래도 「무서운 농담을 들으면, 혼자 잠을 못자요」라는 말만은 전해두었다. 여기에 재미 들린 언니가 매일 이런 이야기를 한다면, 그거야 말로 견딜 수 없다.

언니는 한참 내 머리를 쓰다듬은 뒤에 「그런데—」 하고 다시 팔짱을 꼈다.

“정말 누구였을까. 설마 유령의 소행이라고는 생각하지 않지만…….”

“하지만 악기 소리가 들린 건 정말이에요. 어쩌면 TV 소리 같은 거였을지도 모르지만…….”

언니가 집에서 바이올린을 연주할 수 있는 사람이 없다고 한다면 그건 틀림없을 테고, 누군가가 이곳에 들어와서 연습하고 있었다고 생각하기도 어렵다.

그렇다면 내가 누군가가 듣고 있던 음악을 실제로 연주하는 소리로 착각했다고 생각하는 것이 자연스럽겠지. 안뜰에서 들려왔다고 생각한 것도, 어떤 방에서 흘러나온 소리가 안뜰에 메아리치고 있었을 뿐인지도 모른다. 다소 개운치 않은 기분이 들긴 하지만 「유령의 소행」이라는 의혹이 사라지기만 한다면 뭐든 좋았다.

언니도 조금 석연치 않아 하긴 했지만, 여기에서 의논해봤자 별수 없다 생각했는지, 팔짱을 풀었다.

"뭐, 어쩌면 사용인 중 누군가가 연주하고 있었을지도 모르지. 네 말대로 저녁 식사 시간도 가까워진 모양이니 나는 일단 방으로 돌아갈게."

언니의 말을 듣고 코를 킁킁거리자, 고소한 냄새가 주변에서 희미하게 감돌았다. 이야기를 딴 데로 돌리려고 했을 뿐이었지만, 배꼽시계가 꼭 틀리지만도 않았던 모양이다.

언니가 방으로 돌아가겠다고 해서, 나도 내 방으로 돌아가기로 해다.

결국 몸을 움직이기는커녕 이상한 곳에서 낮잠만 잔 나는, 방에 도착하자마자 크게 한숨을 쉬었다.

뭔가 하려고 할 때마다 왜 이렇게 일이 안 풀리는 걸까.

발길이 가는 대로 침대에 앉아, 그대로 드러누웠다.

나는 캐노피의 뒤쪽 기둥에 드문드문 늘어선 나뭇결을 보면서 방금 전의「바이올린」에 대해 잠시 생각했다.

잘못 들었다고 마무리 지은 것은 역시 잘못이었을지도 모른다. 그 소리에서 느꼈던 선명하고 강렬한 인상. 그것은 역시 직접 악기를 연주하는 소리인 게 분명했던 것 같다.

문득 예전에 엄마가 나를 데려갔던 재즈 밴드의 연주회를 떠올렸다.

사람들이 웅성거리는 소리도 뒤섞여, 소리가 생생하게 울려 퍼졌던 그 순간을 지금도 선명하게 기억하고 있다.

녹음한 소리를 재생했을 때에는 나올 수 없는, 그 자리에 있는 사람만이 느낄 수 있는 현장감. 나는 조금 전 연주에서도 똑같은 느낌을 받았다.

하지만 언니가 말한 게 사실이라면, 이 집에서 바이올린을 연주할 수 있는 사람은 애초에 없다는 게 된다.

사용인 중 누군가가 연주하고 있었을 가능성도 있다고 언니는 말했지만, 설령 연주할 수 있는 사람이 있다고 해도 일하는 집의 정원에서 대낮에 당당하게 연주할까.

어쩌면 정말로 이 집 사람 이외의 누군가가 연주하고 있었을지도 모른다. 그야말로 60년 전에 지하 감옥에 갇힌…….

"……아, 아니야! 그건 절대로 아닐 거야!"

나는 벌떡 일어나 고개를 붕붕 저었다. 무슨 바보 같은 생각을 하는 거야. 내가 내 목을 졸라서 어쩔 거야.

잘못 들었다. 그래, 잘못 들었던 거야. 그렇다고 해두자.

불안해진 나는 아직 해가 다 저물지 않았는데도 불을 켜고 방을 배회하면서 저녁 식사 알림을 기다렸다.

잠시 그러고 있는데 노크 소리가 들렸다.

대답을 하니 언니가 문을 살짝 열고 얼굴을 내밀었다.

"저녁 식사 준비가 다 된 모양이야. ……음. 뭐야, 아직도 벌벌 떨고 있는 거야?"

내 어디를 보고 눈치챈 건지, 언니는 짓궂게 히죽 웃었다.

"따, 딱히 그렇지도 않아요."

허세를 부려봤지만, 견디지 못하고 고개를 숙인 것이 실책이었다.

그런 나를 꿰뚫어 본 언니는 「후후」 하고 작게 웃더니, 또다시 내 머리를 쓰다듬었다.

언니와 함께 향한 2층의 식당에서는 이미 아버지가 자리에 앉아 석간신문을 읽고 있었다.

언니가 살짝 낮은 목소리로 인사를 하자, 아버지는 「그래」 하고 대답했지만 표정은 조금도 달라지지 않았다.

아버지는 세심한 타입은 아니었다. 그보다 터무니없이 무뚝뚝한 사람이었다.

무뚝뚝할 뿐 자신의 할 말을 하는 사람이면 그나마 낫지만, 아버지에게는 그조차도 없었다. 요는 무슨 생각을 하는지 전혀 알 수 없는 사람인 것이다.

아버지가 신문을 보는 동안, 나와 언니는 저녁 식사가 나오는 것을 말없이 기다렸다. 여기에서의 생활 중에서도 특히 고통스러운 시간 중 하나였다.

몇 분 지나지 않아 저녁 식사가 다 차려졌다. 메인 요리로 구운 소고기에 브로콜리를 삶은 것과 인삼 글라세가 곁들여져 나왔다. 아아, 인삼. 음~ 인삼. 인삼인가…… 먹을 수밖에 없겠지.

각자 식사를 시작한 뒤, 내가 드디어 인삼과 격투를 하려고 마음먹었을 때, 언니가 입을 열었다.

"그러고 보니 오늘, 츠보미가 안뜰에서 바이올린 소리를 들었다는 모양이에요. 그런데 누가 연주했는지는 확인하지 못한 것 같아서…… 누구 짐작 가는 사람 있으세요?"

나는 포크로 인삼을 찌른 채 움직임을 뚝 멈췄다. 잠깐 기다려, 언니. 굳이 아버지한테까지 말할 필요는 없잖아.

아버지한테 물어봤자 어차피 「잘못 들었겠지」 정도의 반응만 돌아올 게 틀림없었다. 그보다 애초에 처음 만난 이래로 아버지가 제대로 대답해주는 것을 본 적이 없었다.

하지만 내 예상과는 반대로, 아버지는 나를 보는가 싶더니 의외의 질문을 던졌다.

"……너, 음악 같은 걸 듣는 건가."

갑작스러운 질문에 나는 망설였다. 애초에 아버지가 나에게 질문하는 건 처음이지 않을까.

나는 도움을 구하는 의미로 언니에게 시선을 보냈지만, 언니도 역시 처음 보는 멍한 표정을 짓고 있었다. 역시 이건 상당히 드문 상황인 모양이다.

하여간 질문에 대답하지 않으면 무슨 일이 일어날지 모른다. 나는 쥐어짜내듯이 말했다.

"조, 조금 듣습니다."

아버지는 잠시 뜸을 들인 뒤, 눈을 가늘게 뜨더니 「그런가」라고 말한 뒤 앞에 놓인 소고기를 내려다보았다.

"……그녀도, 틈만 있으면 음악을 들었었지."

아버지가 한 말의 의미를 내가 이해하기 전에, 언니가 앉아 있는 방향에서 쨍그랑! 하는 딱딱한 소리가 들려왔다.

언니를 바라보자, 언니가 들고 있던 나이프가 테이블 위를 구르고 있었다. 떨어뜨린 나이프가 접시와 부딪쳐 소리를 낸 것이다.

테이블 매너에 엄격한 언니가 그런 행동을 하다니, 처음 있는 일이었다.

언니 스스로도 순간 무슨 일이 일어난 건지 이해하지 못한 모습이었지만, 퍼뜩 정신을 차리더니 「시, 실례했습니다」하고 고개를 숙였다.

……아버지가 말한 「그녀」는 분명 엄마를 가리키는 말이겠지.

언니는 그것을 깨닫고 동요한 것이다.

그야 그렇다. 자신들을 배신하고 만나던 여자에 대한 이야기를 눈앞에서 듣다니, 아무렇지 않을 리가 없다.

아버지는 왜 그런 이야기를 한 걸까. 아버지의 냉담한 눈동자에서는 아무 것도 읽을 수 없었다.

하지만…… 그런가. 역시 그렇구나.

역시 언니도 나와 엄마의 일로 충격을 받았구나. 그것을 감추고 나를 대해주고 있는 것이다.

어쩌면 실은 나도 좋게 생각하지 않을지도 모른다. 이런 녀석은 사라져버렸으면 좋겠다고 생각하고 있다고 해도 전혀 이상하지 않다.

그도 그럴 게 내가 있다는 것만으로, 모든 것이 사실이 되니까. 나만 없으면 전부 거짓말이었다고 믿을 수 있었을지도 모른다.

그런 생각을 하자, 갑자기 손이 떨리며 토기가 치밀어 올랐다. 입에서는 작은 오열이 흘러나왔다.

"츠, 츠보미?"

걱정스러워 하는 언니의 목소리에, 억누르고 있던 무언가가 터져 나왔다.

"……읏!"

나는 일어서서 식당 밖으로 뛰쳐나갔다.

뒤쪽에서 쨍그랑 하고 커다란 소리가 울렸다. 아마 식기랑 부딪친 것이겠지.

하지만 나는 뒤돌아보지도 않은 채, 복도를 달려 정면 현관을 향해 계단을 내려갔다.

중후한 현관문을 밀어젖히고 밖으로 뛰쳐나오니, 가로등의 희미한 불빛에 정문의 그림자가 드리워진 것이 보였다. 담으로 둘러싸인 집에서 도망치려면 저곳을 어떻게든 통과

해야만 한다.

나는 거기까지 달려간 후 문을 가로지르는 빗장에 손을 대보았지만, 자물쇠가 걸려 있어서 꼼짝도 하지 않았다. 그렇다면 위로 올라가는 건 어떨까 하고 올려다봤지만, 도저히 올라갈 수 있을 만한 높이가 아니었다.

토대를 타고 넘는다 해도, 그래서 어쩌겠단 말인가. 내가 이상하게 사라지면, 사람들이 나를 찾으러 나설지도 모른다. 그렇게 되면 언니에게도 폐를 끼치게 되니까…….

……무리다. 이곳에서 도망칠 수 없다.

그렇게 생각한 순간, 나는 결국 참아왔던 토기를 견딜 수 없게 되이 그 자리에서 무너져 내렸다.

진정하려고 해봐도 숨을 쉬면 쉴수록 더욱 고통스러워졌다. 결국 정신이 몽롱해지기 시작하더니, 머릿속이 타들어갈 듯이 아파왔다.

손바닥으로 짚은 차가운 포석이 체온을 조금씩 빼앗아갔다. 그것은 마치 밤의 어둠에 삼켜져 가는 것 같은 감각이었다.

아아, 정말로 그렇게 되면 좋을 텐데. 있을 곳도 없고 갈 곳도 없다. 이대로 사라진다면 얼마나 편할까.

그래, 사라지는 거야. 그렇게 하면 누구에게도 폐를 끼칠 일도 없다.

한여름인데도 밤바람에는 부드럽게 피부를 감싸는 온기가 없었다. 이 떨림을 밤바람 탓으로 돌리기에 안성맞춤이었다.

사라지는 정도라면…… 혼자서도 할 수 있다. 그 방법이 간단하다는 것도 나는 알고 있다.

너무 늦게 결심한 것일지도 모른다. 그래, 차라리, 이대로…….

별안간 등 뒤로 무게가 실려 왔다. 뒤에서 둘러진 손이 언니의 손이라는 것을 깨닫고, 나는 몸을 굳혔다.

"……노, 놓아주세요."

"아니, 놓지 않을 거야. 이런 시간에 어디로 간다는 거야. ……자, 같이 방으로 돌아가자."

그렇게 말하는 언니의 목소리에 평소와 같은 의연함은 없었다. 언니의 거친 숨으로, 언니가 나를 쫓아 달려왔다는 것을 알았다.

하지만 나는 평소처럼 순순히 그러겠다고 대답할 수가 없었다.

"시, 싫어요. 나 같은 건, 내버려두면 되잖아요."

"어떻게 그래. 너는 내 동생이니까 걱정하는 게 당연하잖아."

동생. 관계만 보면 그럴지도 모른다. 하지만 우리는 그런 말로 정리될 만한 간단한 사이가 아니다.

아버지에게 배신당해, 그 결과 태어난 나를, 언니는 정말로 거리낌 없이 「동생」이라고 생각할 수 있을까.

모르겠다. 무섭다. 나는 언니의 손을 난폭하게 뿌리치고 돌아섰다.

"그, 그렇지만, 내가 있으면…… 이, 이것저것 떠올라서, 괴롭잖아요! 나, 나는, 엄마의 아이라고요!"

말과 눈물이 둑이 터지듯이 넘쳐흘렀다.

눈물로 젖은 시야에 비친 언니의 얼굴은 곤란한 듯한, 혹은 놀란 듯한 표정을 짓고 있는 것처럼 보였다.

어째서 나는 일부러 미움 받을 만한 말을 한 걸까. 그것을 무엇보다 무서워하고 있었을 텐데.

……아니, 그게 아니다.

정말로 무서운 것은, 믿은 사람에게 배신당하는 것이다. 그래서 나는 일부러 미움을 받으려고 하는 것이다.

하찮다. 이런 하찮은 이유로 언니의 다정함을 짓밟아버리다니 최악이다.

하지만 이걸로 언니도 나 때문에 애를 쓰는 일은 없어지겠지. 손을 대기 어려워진 나를 쓰다듬는 일도 없어지겠지.

그렇게 생각했다.

언니가 나를 끌어 당겨 안을 때까지, 나는 마음속으로 그렇게 생각했던 것이다.

"누구의 아이이든 알게 뭐야. 너는 나의, 세상에서 단 하나뿐인 귀여운 동생이야."

나는 언니의 품에 안겨 그런 말을 들었다.

불안과 두려움이 소리도 없이 무너져 사라지고, 새하얗게 된 머릿속에는 이미 아무 것도 떠오르지 않았다.

나는 내 마음을 말로 전하기 위해 입을 열었다. 「기쁘다」 같은 말을 전하려고 했지만, 흘러나온 감정은 하나도 말로 표현되지 않은 채, 내 입에서는 그저 울음소리만이 넘쳐 나왔다.

한동안 그렇게 있다가, 문득 언니의 하얀 블라우스에 눈물과 콧물이 얼룩을 만들고 있는 것을 깨닫고 깜짝 놀라 고개를 들었다.

"오, 옷이…… 더러워져요."

아니, 이미 벌써 더러워졌다. 이미 때는 늦었다.

언니는 순간 멍하니 있었지만, 바로 다시 부드러운 미소를 짓고는 다시 내 머리를 자신의 품으로 끌어당겼다.

"이런 건, 별거 아니야."

언니의 머리카락에서 나는 향기가 코를 간질였다. 아마 호접란의 향기였을 것이다.

하얗고 아름답고 의연한 꽃. 언니에게 딱 맞았다.

절실하게 생각한다.

언니는, 키도 린이라는 사람은, 어디까지나 아름답고 강하고 다정한 사람인 것이다.

언젠가 나도 이런 사람이 될 수 있을까. 이 사람처럼 누군가를 받아들이고 다정하게 감싸줄 수 있을까.

차갑다고 생각했던 밤바람도, 지금은 달아오른 뺨에 기분 좋게 느껴졌다.

언니의 온기에 의지한 채, 나는 눈물이 멈출 때까지 부둥켜안은 손을 놓지 않았다.

칠드런 레코드 side-No.5-

일을 막 시작했을 무렵, 매니저에게 「아이돌이라면 이렇게 해야 한다」는 이야기를 들은 적이 있다.

카메라가 돌아가고 있든 아니든, 언제나 누군가가 보고 있다는 의식을 가지는 것이 중요하다나 뭐라나.

당시 그 이야기를 들은 나는 「저는 초등학생 때부터 계속 그런 의식을 가지고 있었어요」 하고 조금 오만한 말을 해버렸다.

매니저는 「그렇게 어린 시절부터 아이돌로서 자각하고 있었구나!」 하고 기뻐했지만, 물론 그럴 생각으로 말한 것은 아니다.

왜냐하면 나는 「심상치 않을 정도로 사람의 시선을 끈다」는 이상한 체질을 갖고 있기 때문이다.

어제 오빠에게 들은 이야기지만, 내 『눈을 사로잡는』 능력은 『아지랑이 데이즈』라는 초현실적인 현상에 접촉한 사람에게 발현하는 「이능력」 중 하나인 모양이다.

이능력이라고 하니 살짝 두근거릴 것 같지만, 내 『눈을 사로잡는』 능력은 뭐라고 할까, 겉보기에는 수수한데 실제로는 터무니없이 귀찮은 능력이었다.

거리를 거닐면 생판 모르는 사람이 쫓아오고, 잠시 말을 하면 환성이 일어나고, 장소를 불문하고 찰칵찰칵 셔터를 누른다.

그런 일이 어린 시절부터 계속되었기 때문에, 외출할 때에 필요 이상으로 타인의 이목을 신경 쓰는 일은 나에게 있어서 일상이었다.

그런 이유로 매니저가 말한 「사람들이 보고 있다는 자각」이라는 것에 한해 말하자면, 나는 다른 사람들보다 더 민감했다.

……하지만 이제 와서 새삼 생각한다.

매니저는 그때 「사람들이 잔뜩 볼 테니까 각오해」라는 말을 한 게 아니다.

「언제 어떤 때라도 자신이 『아이돌』이라는 것을 잊지 마」라는 것을 전하고 싶었던 게 아닐까.

그 점에서 말하자면, 나는 낙제생이라고 해도 좋겠지.

어젯밤에도 단장님이 만든 특제 돈가스 덮밥을 두 그릇이

나 먹었고, 하루 종일 돌아다닌 영향인지 이틀 밤 연속으로 소파에서 잠들어버렸다.

그뿐만 아니라 오늘은 해가 중천에 떠서야 눈을 떴다. 남의 집 거실에서 대낮까지 잘 수 있는 사람은 얼마 없을 것이고, 여자아이라면 더욱 그럴 것이다.

잠꼬대가 심하다는 것은 옛날부터 오빠에게 들어왔지만, 아무래도 나는 잠버릇도 굉장한지 낮에 눈을 떴을 때에는 소파 밑에서 대자로 뻗어 자고 있었다.

당연히 낮까지 아무도 깨우러 오지 않은 건 아니고, 세토 씨와 마리가 대자로 뻗어 뒹구는 나를 피해 아침을 먹었다는 모양이다.

……아니, 이건 아이돌 운운하기 이전의 문제다. 죽고 싶다.

역시나 오빠도 오늘의 내 추태에는 깜짝 놀랐는지「너, 다시 봐도 굉장하다」하고 감상을 전해주었다. 거참, 오빠에게 칭찬을 받은 건 처음일지도 모른다. 헤헤, 죽고 싶다.

그런 돈가스 덮밥계 아이돌인 나는, 현재 조금 곤란한 사태…… 아니, 조금 정도가 아닐지도?

상당히 곤란한? 아니,『터무니없이』곤란한 사태에 직면하고 있었다.

뜨뜻미지근한 밤바람이 뺨을 어루만지는 한밤중, 시각은

0시 10분 전.

두터운 구름으로 뒤덮인 밤하늘에 달의 모습은 보이지 않고, 포장도로를 비추고 있는 것은 가로등의 무기질적인 빛과 때때로 가로질러 가는 자동차의 헤드라이트뿐이었다.

아지트를 나와 한 30분은 걸었을까. 대화도 별로 없이 묵묵히 인도를 걸어가고 있던 우리는, 드디어 목적지인『적』아지트의 정문 앞에 다다랐다.

"우와, 저렇게 무서운 건물에 침입한다니…… 농담이지?"

높은 담장 너머 적갈색으로 물든 거대한 건조물을 보고, 히비야가 몸을 부들 떨었다.

히비야가 말한 대로 담장 너머로 우뚝 솟은 그 건물은, 서양풍 외관과 더불어「기분 나쁘다」고 형용하기에 걸맞은 분위기를 풍기고 있었다.

이것이『적』의 아지트라면, 응, 확실히 변명할 여지없는 위압감이라고 생각한다.

하지만 아무래도 나는 그 사실이 실감나지 않았다.

그도 그럴 게 겉으로 보이는 이 건물의 역할은 결코 무서운 것이 아니었다.

뭘 숨기겠는가, 저 건물은 내가 다니고 있는 고등학교「건물」인 것을…….

이 고등학교는 재작년 초…… 즉, 오빠가 입학했던 연도에 대대적으로 개수(改修) 공사를 했다.

개수라는 것은 「고장 난 곳을 고친다」 같은 의미라고 생각하지만, 실제로 이 학교가 변모된 모습에 딱 들어맞는 단어는 「개수」가 아니라 「개조」가 아닐까 생각한다.

건물 자체를 공사해서 개축한 것은 물론이고, 새로운 부지 안을 둘러싸듯 견고한 담장이 만들어져, 보안 시스템은 전부 전자로 제어하는 모양이다.

그 모든 것이 오빠가 말한 『적』의 생각대로의 일인지는 모르겠지만, 적어도 내가 『적』에 대한 이야기를 의심하지 않은 이유 중 하나가 거기에 있었다.

공사가 진행되었을 당시의 일은 잘 기억하고 있다. 평소에 이 앞을 지나갈 때마다 눈에 들어왔던 낡은 학교가 느닷없이 공사를 시작하는가 싶더니, 눈 깜짝할 사이에 이런 모습으로 바뀌었던 것이다. 지금 생각하면 그건 조금 상식을 벗어난 속도였다.

확실히 이 마을 여기저기에 다양한 건물이 세워지기 시작한 것도 마침 그 전후였을 것이다.

그것을 직접 체감했기에 「그 시기부터 『적』이 음모를 꾸미고 있었던 것은 아닐까」 하는 오빠의 가설을, 나는 부정할 수 없었다.

"하지만 확실히 낮에 보는 거랑 인상이 완전 다르네. ……

아, 혹시 히비야는 무서운 거 싫어해?"

내가 짓궂게 물어보자, 히비야는 어이없다는 표정으로 나를 올려다보았다.

"그럴 리 없잖아. 뭔가 정체를 알 수 없어서 무섭다는 의미지. 딱히 유령 같은 건 믿지 않으니까…… 뭐, 모모는 어떤데?"

"음~ 나도 그런 건 별로 개의치 않아. 아, 하지만 단장님과 오빠는 완전 무리겠지. 전에 유령의 집에 갔을 때에도 단장님은 기절해버렸으니까."

"뭐어?! 그 사람, 그렇게 폼을 잡더니…… 뭔가 의외네."

히비야는 그렇게 말하더니 「별거 아니구나」라고 말하듯이 씩 웃었다.

덧붙여서 그때 단장님을 기절시킨 것은 나지만…… 뭐, 틀린 말을 한 것도 아니고, 굳이 설명하지 않아도 되겠지. 단장님은 기억 못하시는 것 같고.

그런 시시한 대화를 나누면서, 우리는 약속 시간을 기다렸다.

어둠 속에 우두커니 있는 심야의 학교에서 인기척은 느껴지지 않았다.

그러고 보니 나는 결국 나가지 못했지만, 오늘부터 오봉[#5] 연휴가 끝나고 보충 수업이 시작되었을 것이다. 낮에는 동

#5 오봉(お盆) 조상을 기리는 일본의 명절. 주로 8월 15일을 중심으로 치른다.

아리 활동을 하는 학생들도 출입했겠지.

……음~ 역시 조금 이해가 가지 않는다.

이런 공공시설 지하에 휴게를 위한 본거지를 만들다니, 『적』은 도대체 어쩔 생각일까.

다시 외관을 둘러보아도 그런 의문에 대한 대답은 찾을 수 없었다.

"정말 이 학교가 그…… 『적』의 아지트였다니, 뭔가 난 아직도 믿을 수가 없어."

"나는 애초에 『적』이라는 것이 존재했다는 것 자체를 아직 받아들일 수가 없는데……. 그보다 모모는 학교에 다니면서 그런 거 눈치채지 못했어?"

짐작 가는 부분도 없는 나는 고개를 가로저었다.

"전혀. 그보다 나 같은 게 눈치챌 정도면 다른 사람들도 눈치챘을 테니, 더 큰 문제가 되지 않았을까?"

"아니 아니, 그건 모르는 거지. 모모도 이미 나쁜 조직의 세뇌를 받았다거나……."

히비야는 어딘가의 영웅물에 나올 법한 설정을 꺼내더니, 나를 향해 경계심을 드러냈다.

그런 종류의 조직은 오히려 우리와 딱 들어맞지 않을까.

메카쿠시단이라는 이름은 전혀 정의의 편으로는 보이지 않으니까.

"그럴 리 없어. 분명 학생들은 아무도 이 학교가 그런 곳이 되었다는 걸 눈치채지 못했을걸? 나도 그랬고."

"하지만 신타로의 이야기에 의하면 그 『적』은…… 어제 우리를 공원까지 데려다 준 모모의 선생님이잖아?"

히비야의 솔직한 질문에 나는 말문이 막혔다.

그 침묵을 헤아린 것처럼, 갑자기 밤바람이 소리를 내며 불기 시작했다.

머리로는 알고 있고, 오빠를 의심할 생각도 없다.

하지만 나는 솔직히 오빠가 해준 이야기를 아직까지 다 믿지 못했다.

적이 우리에게 깃든 『눈』의 능력을 노리고 있다는 것.

이 마을이 이미 어떤 강대한 힘에 지배 받고 있다는 것.

그리고 그 주모자인 『적』의 정체가…… 내 담임인 타테야마 선생님이라는 것.

오늘 처음 그 이야기를 들었을 때, 역시 아무 말이 나오지 않았다.

분명 이야기해준 사람이 오빠가 아니었다면, 나는 조금도 믿을 수 없었을 것이다.

하지만 오빠가 분명하게 말했다. 오빠는 평소엔 그렇게 보여도 사실 누구보다도 머리가 좋고, 중요한 때에 절대 적당히 말할 사람이 아니다.

분명 이번 이야기도 모든 것이 사실일 테니, 절대 나 같은 게 아무 이유도 없이 의심하면 안 되는 것이다.

그러니까 이제 와서 「비현실적이다」라는 말을 할 생각은 없지만…… 그래도 역시 충격이 컸다.

오빠에게 이야기했다면 조금은 편해졌을지도 모른다.

하지만 오빠는 오늘 계속 뭔가 생각에 잠겨있는 것 같아서 그렇게 할 수도 없었다.

내 감정과는 상관없이 좋지 않은 예감이 차례차례 떠올랐다 사라졌다.

요 며칠 동안 만났던 많은 「소중한 것들」이 환상처럼 사라져버리는 것은 아닐까 하는 불안 때문에 가슴이 무너져버릴 것 같았다.

정말이지 신은 짓궂다고 생각했다. 어째서 우리가 이런 일을 겪어야 하는 걸까.

그렇게 분에 넘치는 것을 바라는 것도 아닌데. 그저 「평범」하게 모두와 함께 있을 수 있었으면 좋겠다고 바랄 뿐인데…….

"……모모."

히비야의 목소리에 퍼뜩 정신을 차렸다. 고개를 돌려 바라보니 히비야의 오른손이 내 파카자락을 쥐고 있었다.

히비야는 조금 전에 보였던 불안한 기색 대신 조금 언짢은 표정으로 볼을 부풀리며 나를 바라보고 있었다.

내가 선뜻 대답을 하지 않아서 기분이 나빠진 걸까.

허둥지둥 얼버무리려고 「어……」 하고 입을 열자, 히비야는 또렷한 말투로 이렇게 말했다.

"걱정되는 게 있으면 말해. 내가 그렇게 못 미더워?"

"……뭐?"

히비야는 뜻밖의 말에 당황한 내 모습에 아랑곳하지 않고, 똑같은 태도로 계속해서 말했다.

"나도 불안하지만, 그래도 할 수밖에 없잖아? 다들 이야기했잖아. 전부 되돌리고 끝을 내자고. 모모가 그렇게 침울해하면…… 왠지 나까지 우울해진다고."

히비야는 그렇게 말하더니 부끄러운 듯 바로 고개를 휙 돌렸다.

조금 전까지 소리를 내며 불어오던 밤바람이 갑자기 잠잠해지고 주변이 정적에 감싸였다.

"고, 고마워. 어…… 응, 힘낼게."

내가 생각해도 난 참 단순하다.

히비야의 말을 듣고 내 마음을 가득 채우고 있던 불안이 슥 자취를 감춰버렸다.

응, 그건 좋아. 그건 좋지만…… 뭘까, 그 대신에 부풀어 오르는 이 간질간질한 감정은…….

요즘 애들은 꽤 야무진 말을 하는구나. 아니, 이건 정말 놀랐다. 음……. 아하하, 곤란하네.

"이야~ 한창 뜨거울 때 미안하지만, 이제 슬슬 시간이 다 됐는데요~."

그때 느닷없이 퉁명스러운 목소리가 울려 퍼졌다.

허둥지둥 목소리가 들린 곳을 확인하자, 그 목소리는 주머니 안에서 들려왔다.

서둘러 꺼내든 핸드폰 화면에는 양 갈래 머리를 한 여자아이가 어째서인지 굉장히 불쾌한 표정으로 나를 노려보고 있었다.

"에, 에네?! 어, 어, 언제부터 있었어?"

"『고마워어~ 응, 힘낼게에~』라고 말했던 부분부터?"

에네는 내 물음에 짓궂은 미소를 지으며 대답했다.

반사적으로 핸드폰을 쥔 손에 힘이 들어가 액정이 빠직하는 소리를 냈다. 거기에 맞추듯이 「꺄아아악!」 하고 에네의 목소리가 울렸다.

"무슨 짓을 하는 거예요! 이 핸드폰이 부서지면 작전 파아! 라고요! 파아!"[#6]

파아! 하고 양손을 펼치는 에네의 머리 위로 액정에 표시된 시각은 밤 11시 55분을 가리키고 있었다.

"에네가 쓸데없는 소리를 하니까 그렇잖아. 정말이지…….

#6 파아(パァ)! 일본에서 유행하던 이모티콘을 에네가 흉내 낸 것. 본래 약간 허무함이 느껴지는 웃음 혹은 분위기에 어울리지 않는 썰렁한 웃음을 뜻하지만, 가혹 「망했다」라는 뜻으로도 쓰임.

그래서, 오빠 일행은 안에 잘 들어갔어?"

"물론이죠! 아니~ 이 정도의 보안 시스템으로 나를 앞지르려고 하다니 1백억 만 년은 빠르다고요. 완전 식은 죽 먹듯이 모든 보안 시스템 풀 해제! 발가숭이 상태라고요!"

에네는 그렇게 말하더니 어때요! 하고 말하듯이 몸을 뒤로 젖히며 뽐냈다. 정말이지 이 아이는 어떻게 이런 상황에서도 이런 텐션으로 있을 수 있을까.

뭐랄까, 정말로…….

"응, 마음 든든하기 그지없네. 과연 에네야."

내 칭찬이 예상 밖이었는지, 에네는 순간 몸을 굳히더니 「그렇죠?! 저 굉장하지 않나요?」 하고 환희에 찬 표정으로 화면 가득 얼굴을 들이밀었다.

히비야는 우리가 대화하는 모습을 바라보더니 말도 나오지 않는다는 듯 커다랗게 한숨을 쉬었다.

"자, 곧 약속 시간이 다가온다고. 그보다 모모, 진행 순서는 알고 있지?"

"음…… 아마도!"

나는 그렇게 말한 다음 미소를 지었다. 아니나 다를까 히비야는 귀찮다는 듯 얼굴을 찌푸렸다.

장난스럽게 말하긴 했지만, 물론 나도 내 역할 정도는 알고 있었다.

에네가 보안 시스템을 해제했으니, 건물 내부는 지금 침입자를 막을 수 없는 상태다.

작전이 예정대로 진행된다면, 오빠 일행은 지금 히비야가 능력을 써서 만든 지도를 따라 곧바로『적』아지트의 최심부로 향하고 있을 것이다.

하지만 에네가 말하길「보안 시스템이 작동하지 않는다는 걸 들키면 외부에서 어떤 녀석들이 올지 모른다」고 했다.

즉, 자물쇠는 문제없이 열었지만, 그것을 위험하다고 생각한 사람들이 제압하러 올지도 모른다는 것이다.

그야말로 무장한 사람들이 난입해서 침입자를 제압…… 그런 일이 일어날 수 있다고 한다. 그렇게 되면 전투력 면에서 취약한 메카쿠시단은 잠시도 버티지 못할 것이다.

이 마을의 어른들 중 어디까지『적』에게 장악되었는지를 알지 못하는 이상, 누군가의 도움을 바랄 수도 없다.

……그 때, 내가 나설 차례가 오는 것이다.

시간은 밤 11시 58분. 드디어 임무를 개시할 때가 눈앞으로 다가왔다.

에네도 그 사실을 깨달았는지, 나를 보며 드물게도 진지한 말투로 말했다.

"예정대로 여동생 씨가 여기에 있다는 정보를 인터넷에 퍼뜨렸어요. 와, 정말이지, 아이돌이란 굉장하네요. 터무니없을 정도로 난리가 났다니까요?"

귀를 기울여보니, 밤바람 소리에 뒤섞여 사람들이 웅성거리는 소리가 들려왔다.

제멋대로인 사정으로 아이돌 활동을 쉬겠다고 말했지만, 어쩌면 조금 정도는 은혜를 갚을 수 있을지도 모르겠다.

“에네, 고마워.”

내 말에 에네는 씩 웃었다.

“우리는 동료잖아요! 우리 사이에 서먹하게 굴지 마요!”

에네의 미소에 나도 미소로 대답했다.

그리고 히비야에게 핸드폰을 건네준 뒤, 정문 쪽으로 돌아섰다.

돌이켜 생각해보면 마지막으로 여기에 온 것은…… 어라? 겨우 사흘 전인가? 어쩐지 정말 굉장히 오래 전에 있었던 일 같다.

사흘 전, 보충 수업을 받기 위해 우울한 기분으로 학교로 향했던 나는, 설마 이런 사태가 되리라고는 상상도 하지 못했다.

메카쿠시단에 들어와서 모두와 만나고, 이런 일을 맞닥뜨리고…….

나…… 뭔가, 결국 현실과는 동떨어져버렸네.

“……저기, 모모. 하나만 물어봐도 돼?”

내가 돌아보자, 히비야는 고심하는 표정으로 나를 바라보고 있었다.

그 모습을 보고 나는 문득 깨달았다.

어쩌면 히비야를 보는 것도 이게 마지막이 될지도 모른다.

내가 고개를 끄덕이자, 히비야는 이런 말을 했다.

"모모는 굉장한 아이돌이잖아? 아, 아마 내가 이 마을에 온 이유도 모모 때문일 거야. 히요리가 사인 받고 싶어 했던 아이돌은 분명 모모일 테니까."

히요리. 히비야와 함께 이 마을에 찾아온 여자아이.

아마 지금은 아지랑이 데이즈 안에 있어서…… 히비야가 구해야 하는 아이.

"그러니까 말이야, 모든 게 끝나면…… 사인해줄래?"

그 말에 나는 아주 조금 복잡한 기분이 들었다.

이 일이 무사히 끝나면, 나는 더 이상 아이돌로 활동할 수 없다. 그런 내 사인 같은 걸 받아봤자, 그 아이는 만족을 못하지 않을까.

그리고 또 하나 복잡한 기분…… 조금 질투가 나는데? 하는, 그런 느낌.

내 대답을 듣지 않은 채, 히비야는 마지막으로 울 것 같은 표정으로 이렇게 말했다.

"그러니까…… 꼭 다시 만나자! 약속해!"

……약속이라. 왠지 좋은걸?

"……응, 알았어. 약속."

교문을 지나자 익숙한 풍경이 펼쳐졌다.

빠른 걸음으로 향한 곳은, 평소에 그저 바라보기만 했던 교정이었다.

그곳을 향해 가면서 나는 새삼 생각했다.

그 날 동경했던 「청춘」이라는 것은, 분명 「이것」이 아니었을까.

지금은 교정을 가득 채우고 있던 그 빛이 하나도 보이지 않지만, 그 중심에 서 있는 나는 지금 그때와 똑같은 바람에 빛나고 있는 것처럼 보이지 않을까.

밤바람에 뒤섞였던 웅성거림이 지금은 또렷하게 들려왔다.

그에 따라 가슴이 고동치는 것이 느껴졌다.

오빠가 처음으로 나에게 맡겨준 중요한 임무다. 전력을 다해 있는 힘껏 임해야지.

숨을 들이쉬고 의식을 집중했다.

눈 안쪽이 타는 듯이 뜨거워지는 것이 느껴졌다.

이 마을은 이미 침식당했다. 누가 『적』이고 누가 『아군』인

지 알 수 없다.

……그렇다면 이제 마을 사람들 전원을 이곳으로 부르면 되는 것이다.

그만한 「눈」이 모여서, 모두가 이곳을 주목한다면…… 그러면 나쁜 사람도 섣불리 행동할 수 없을 것이다.

웅성거림이 한층 더 커졌다.

몇 천, 몇 만이 되는 사람들이 몰려오는 것이 보였다.

정말 싫어하는 『눈을 사로잡는』 능력을…… 전력으로 사용하는 것은 이번이 처음이다.

문득 깨달으니 주변 일대가 금색으로 빛나고 있었다. 위를 바라보니 구름에 가려져 있던 달이 아주 밝게 빛을 비추고 있었다.

마지막 무대의 조명치고는 굉장히 분에 넘치는데? 이거 결국 제값은 내야겠는걸.

온 마을, 전국, 전 세계.

이사람 저사람 다, 모든 사람의 『눈』을 사로잡는다. 눈도 깜박일 수 없을 정도로—.

나는 있는 힘껏 숨을 들이쉰 뒤, 소리 높여 외쳤다.

"키사라기 모모, 열여섯 살! 아이돌을 하고 있습니다!!"

실상 워드 4

"……좋아."

매미 소리가 울려 퍼지는 8월 모일, 오후 두 시.

전신 거울을 바라보며 한 손에 빗을 든 채 격투를 벌인 지 대략 30분, 까치집이었던 머리가 겨우 정리되었다.

"여, 여자아이다……."

내가 생각해도 최고의 완성도가 아닐까 싶었다.

프릴이 달린 블라우스에 짙은 남색 스커트를 입고, 리본이 포인트인 붉은 구두를 골랐다.

거울에 비치는 준비를 마친 키도 츠보미의 모습에서 평소의 게으른 모습은 보이지 않았다. ……그렇게 생각하고 싶다.

사흘 전, 언니에게 「시내로 쇼핑하러 가자」고 권유받은 뒤로, 나는 연일 언니에게 물려받은 옷을 꺼내 끙끙거리며 고민했다.

혼자 편안히 외출하는 것이라면 이야기가 다르지만, 언니와 나란히 동행하는 것이다. 후줄근한 모습으로 나가는 날에는, 그야말로 얼마나 큰 창피를 당할지 상상하기 어렵지 않다.

그렇다고 내가 평소에 자주 외출하는 것도 아니어서, 더더욱 꾸미는 것에 털끝만큼도 흥미가 없었다.

자, 귀엽게 입어주세요, 네 알겠습니다, 하는 식으로 흘러가지는 않았다.

이러저러해서 사흘 동안 「애초에 의복 문화의 진수란 뭘까」 하는, 쓸데없는 우회로를 몇 개나 지나 다다른 것이 이 모습이었다.

몸을 오른쪽으로 틀고 왼쪽으로 틀어본 다음, 치마를 팔랑팔랑 나부껴 보았나. 정면 이외의 각도에서 봐도 뭐, 이 정도면 나름 봐줄만하지 않을까.

분명 이거라면 언니 옆에서 걸어도 「어째서 저런 아름다운 사람이 잡종견을 데리고 걸어 다니는 거야」라는 소리는 듣지 않겠지.

오래된 벽걸이 시계를 바라보니, 어느새 약속 시간이 눈앞으로 다가와 있었다.

"……이제 곧이네."

옷에 대한 걱정이 사라진 순간, 어쩐지 갑자기 초조해지기 시작했다. 둘이서 쇼핑을 하러 가는 건 처음이다. 어떤 이야기를 하면 좋을까.

평소처럼 하면 된다고 생각하려 해도, 거울에 비친 내 모습은 평소와 달랐다. 조금 잘 차려입은 츠보미인 것이다.

언니가 어떤 생각으로 나에게 같이 외출하자고 했는지는 몰라도, 함께 간다면 하다못해 언니가 즐거워했으면 좋겠다.

오늘은 잘 할 수 있을까. 실수 없이 예의 바르게 제대로…….

익숙한 노크 소리에 나는 문 쪽을 바라보았다.

약속 시간은 아직 안 됐지만 노크 소리의 주인은 명백했다. 내가 대답을 하자, 짧게 삐걱거리는 소리와 함께 문이 열렸다.

문을 열고 모습을 드러낸 언니는 내 모습을 보더니 기쁜 듯이 미소 지었다.

"귀엽게 입었구나."

"어! 고, 고…… 고맙습니다."

나름 괜찮게 입었다고 생각했지만, 설마 칭찬받을지는 몰랐다. 얼굴에서 불이 날 것 같았기에 나는 고개를 푹 숙였다.

하지만 언니는 아무래도 만족하지 못한 기색으로 「흠」 하고 짧게 탄식했다. 왜 그러는 걸까.

"어, 저기……."

내가 말을 머뭇거리자, 언니는 평소처럼 팔짱을 낀 채 불만스럽다는 듯이 나를 바라보았다.

"츠보미…… 고맙습니다, 가 아니잖아?"

그 말을 듣고도 감을 잡지 못한 나는 고개를 갸웃했다. 칭찬받은 것에 대해 인사를 할 생각이었는데, 뭐가 마음에 들지 않은 걸까…….

"……아!"

나는 겨우 조금 전에 했던 「고맙습니다」라는 인사의 뭐가 아니라는 건지, 언니가 무엇을 요구하고 있는지 깨달았다. 그것과 동시에 부끄러워질 정도로 간질거리는 기분이 들었다.

언니가 요구하고 있는 것은 아무래도 익숙해지지 않았다. 하지만 약속해버렸으니 모른 척 할 수도 없었다. ……에잇, 될 대로 돼라.

"치, 칭찬해줘서…… 고, 고마워!"

아아, 부끄럽다. 아마 지금 거울을 들여다보면, 얼굴이 활활 불타오르고 있겠지.

언니는 그런 내 모습이 마음에 들었는지, 빙그레 웃으며 「우후후」 하는 소리를 냈다. 목소리에서 어딘지 조금 기분 나쁜 음습함이 느껴졌다. 기분 탓인가.

그런 다음 언니는 역시나 평소처럼 내 머리를 쓰다듬었다.

"좋아, 잘했어. 아직 익숙하지 않은 모양이지만, 약속이니까. 꼭 지키도록."

언니는 꼭 지키도록, 하고 딱딱한 말투로 말했지만, 우리가 나눈 것은 딱히 으쓱거릴 정도로 대단한 약속은 아니었다.

지난달, 언니의 블라우스를 눈물 콧물로 더럽히면서 흐느껴 울었던 그 밤, 언니는 나에게 몇 가지 규칙을 제안했다.

우선 첫 번째는 서로 괴로운 일이 있으면 참지 말고 제대로 말할 것.

이것은 약속이라기보다, 오히려 나를 위해 그렇게 하자고 제안해준 것이라고 생각한다. 언니로부터 내가 내버려두면 계속 속에 쌓아둘 타입이라는 이야기를 듣고, 나는 내게 그런 부분이 있다는 것을 처음으로 깨달았다. 언니가 하는 말이니까 정말로 그럴 거라 생각한다.

언니는 그날 나와 있는 것이 괴롭지 않다고 말해주었지만, 지금 생각하면 이 약속에는 그 말을 뒷받침하기 위한 의미도 있었을지도 모른다.

두 번째는 아버지에 대해 너무 고민하지 말라는 것이었다.

들어보니 언니도 옛날부터 아버지의 별난 행동에 시달려서, 몇 번인가 의사소통을 위해 노력했지만 아무 소용이 없었다고 한다.

아버지는 확실히 독특하지만 생각해보면 그뿐인 사람으로, 대놓고 뭔가를 강요한 적도 없었다.

「기분 나쁜 일도 있을 거라 생각하지만, 참아주었으면 해」라는 언니의 말에, 내가 고개를 가로저을 이유는 없었다.

그리고 세 번째.

실은 이것이 가장 괴로운 것이지만, 알기 쉽게 말하자면 「자매니까 존댓말을 쓰는 건 그만두자!」라는 약속이다.

언니가 말하길 「가족으로서 거리를 좁히려면 우선 그것부터겠지」라는 모양으로, 그 의견에는 나도 정말 동의했다.

애초에 나는 존댓말을 별로 좋아하지 않았고, 가족 사이에서라면 더더욱 그랬다.

언니에게 사용하는 말투 역시 사용인이 「친한 사이에도 예의가 있는 법입니다」라고 하지 않았다면 편한 말투를 사용했을 거라 생각한다.

그런 이유로 그때 나는 「기꺼이 그렇게 할게요」라고 가볍게 대답했지만, 이게 어째서인지 좀처럼 고쳐지지 않았다.

애초에 존댓말로 대화를 나누는 관계가 되어버리면, 그것을 바꾸기란 정말로 어려워지는 것이다.

아아, 이렇게 될 거였다면 처음부터 스스럼없는 말투를 사용했으면 좋았을 텐데……. 만에 하나라도 없을 거라고 생각하지만, 언젠가 남동생이라도 생겼을 때에는 「가족 사이에 존댓말은 절대로 쓰지 마」라고 단호하게 말하자. 그렇게 하자.

"준비가 다 됐으면 이제 나갈까? 안타깝지만 오늘도 바깥은 꽤 더운 모양이야."

언니가 조금 곤란하다는 듯이 얼굴을 찌푸렸다. 언니도

싫어하는 것이 있는 걸까.

"나는 준비가 다 끝나서 괜찮아……요……."

언니의 날카로운 시선이 날아왔다.

"괘, 괜찮아! 이, 이제 나갈 수 있어!"

"좋아, 그럼 나갈까."

언니는 미소를 지으며 그렇게 말했다. 이것 참…….

"오늘은 어떻게 할까…… 아아, 아이스크림이라도 먹을까? 요즘 유행하는 가게가 있다고 들었는데. 츠보미는 아이스크림 좋아하니?"

"어, 엄청 좋아해……!"

이건 바라지도 않았던 일이다.

뭐야, 쇼핑하러 간다는 건 아이스크림도 먹을 수 있는 건가!

"좋아, 그럼 배 터지게 먹도록 해주지! 이야~, 정말 기대되네."

그렇게 생각해서 그런지 언니는 들뜬 것처럼 보였다.

달콤한 걸 좋아하는 걸까……. 흠흠, 과연.

그런 대화를 끝내고, 나는 의자 등받이에 걸어두었던 작은 가방을 어깨에 메고 언니와 함께 방을 나섰다.

그리고 마지막으로, 정말로…… 정말로 별생각 없이 나는 문득 방 쪽을 돌아보았다.

딱히 누군가가 나를 부른 것도, 뭔가 잊은 물건을 떠올린 것도 아니었다.

굳이 말하자면 환기할 생각으로 열어두었던 창 밖에서 매미 소리가 들려온 정도다.

……아아, 그때 귀를 기울였더라면 눈치챘을지도 모른다.

소리 높여 울어대는 매미 소리에 끼익하고 끈적이는 듯한 그 악기의 음색이 섞여 있었다는 것을…….

칠드런 레코드 side-No.3-

계단을 달려 내려가니, 새로 만들어진 금속제의 흰 벽이 눈에 들어왔다. 목적했던 층으로 내려온 우리는 그 기세 그대로 달려 나갔다.

복도를 빠져나가자, 목적지인 『맑게 하는』 능력이 있는 방이 바로 코앞으로 다가왔다.

한 쪽 귀에 이어폰을 꽂은 신타로는 숨을 헐떡거리면서 몇 번이나 뒤를 돌아보았다.

"모모 녀석…… 요란하게 해달라고는 말했지만, 이 정도까지 할 필요는 없잖아."

신타로가 말한 대로, 모모의 『눈을 사로잡는』 능력은 전력으로 사용하자 정말로 무시무시한 위력을 발휘했다.

이 정도로 거리가 떨어져 있는데도, 조금이라도 긴장을 늦추면 모든 감각이 강제적으로 「키사라기 모모」를 향해 끌려갔다.

이렇게 강력한 힘을 지금까지 억누르고 있었다니, 키사라기의 정신력도 굉장하다. 거참, 이거 까딱 잘못하면 역사에 남을 대사건이 되는 건 아닐까.

"이 느낌이면, 아마 위에는 터무니없는 인파가 몰렸겠는데? 이것 참, 키사라기의 대활약이네, 정말로."

"뭐…… 그렇지. 일반인이 모여들면, 적도 여봐란듯이 증원을 부르지는 못하겠지. 이제 계획대로『그 녀석』이 모모를 데리고 나와 주면…… 아무튼 위에 있는 녀석들은 일단락되는 건가. 그래도 위험한 일은 하지 말라고 말했는데, 저 녀석은……!"

신타로는 그렇게 말하며, 한 번 더 뒤를 돌아보았다.

오늘 작전에서 키사라기의 임무는『증원을 막기 위한 양공(陽攻)[#7]』이었다. 물론「자신에게 위해가 끼치지 않게 세심한 주의를 기울이도록」하고 신타로가 말했지만…… 아무래도 키사라기는 엄청 기운이 넘치는 모양이다.

"뭐, 키사라기도 열심히 하려는 거잖아. 여하튼 우리는…… 어느 쪽이 됐든 목숨이 걸려 있으니까."

내가 그렇게 말하자 신타로는「그래도 한도라는 게 있잖아」라고 투덜거리며 다시 전방을 바라보았다.

#7 양공(陽攻) 적을 속이기 위하여 주된 공격 방향과는 다른 쪽에서 공격하는 일.

오른쪽, 왼쪽으로 꼬불꼬불 구부러진 길은 때로는 갈라지며, 마치 침입자를 막는 미로처럼 계속해서 깊은 안쪽으로 이어졌다.

이곳에는 몇 번 온 적이 있었지만, 이렇게 헤매지 않고 나아가는 것은 처음이다.

정말 단시간에 이렇게 깊숙한 곳까지 올 수 있었던 것은 히비야가 그려준 지도 덕분이라고 해도 과언이 아닐 거라고 생각한다.

거 참, 그 천리안의 힘……『눈을 집중시키는』 능력은 정말로 굉장하다.

어젯밤 잠시 사용법을 연습한 것만으로, 히비야는 그 능력을 눈 깜짝할 사이에 자신의 것으로 만들어버렸다.

「대상」을 본다…… 정확히는 강하게 의식하는 것으로, 히비야는 그 대상과 관련성이 있는 것을 연상적으로 찾아내 상세하게 파헤칠 수가 있었다.

이른바 사이코메트리의 초(超)정밀판 같은 능력이었다.

시험 삼아 아버지의 사진을 보여주었던 것이 빙고였다. 히비야는 「이 건물」의 내부 구조를 구석구석까지 파악해버렸다.

뭐, 그래도 역시 지도를 이렇게나 상세하게 그려준 점에는 놀랐지만 말이지.

본인은 「원래 세밀한 작업을 좋아하니까」라고 말했지만, 이건 굉장한 재능이 아닐까.

그런 생각을 하고 있는데, 문득 신타로의 핸드폰이 울려서 우리는 허둥지둥 걸음을 멈췄다.

전화가 온 것은 이걸로 세 번째다. 하지만 이전의 두 번과 다름없는 긴장감에 주변 공기가 팽팽해졌다.

신타로는 핸드폰을 들고 눈앞의 T자로를 가리켰다.

"오, 오른쪽에서 오는 모양이야! ……코노하, 할 수 있겠어?!"

순간, 새하얀 단발이 나부꼈다.

"……응!"

신타로의 말을 듣고, 침묵을 지키던 코노하가 재빠르게 뛰어나갔다.

그것과 동시에 T자로의 오른쪽에서 하얀 방호복을 입은 남자가 나타났다. 소총 한 자루를 든 남자는 우리를 발견하더니 허둥지둥 총구를 들어올렸다.

"그렇게 두지 않겠어!"

코노하는 그렇게 말하는 동시에 오른다리로 소총을 차올렸고, 천장에 부딪힌 소총이 요란한 소리를 냈다.

잇따라 코노하의 오른쪽 무릎이 갑작스러운 상황에 멍하니 서 있는 방호복을 입은 남자의 명치를 파고들었다.

마치 액션 영화의 한 장면 같은 격투를 눈앞에서 본 나는, 무심코 「와우~」 하고 크게 감탄했다.

비명 소리도 내지 못하고 그 자리에 무너져 내린 남자를 확인한 후, 우리는 팽팽했던 긴장을 풀었다.

"……하아! 정말이지 몇 명이나 나오는 거야, 이 자식들!"

신타로의 말에 반응하듯이, 수화기 너머로 「이제 그 근처에는 없는 것 같지만, 뭐, 조심해」라고 말하는 히비야의 목소리가 들려왔다.

그렇다. 히비야의 『눈을 집중시키는』 능력은 지금, 계속해서 우리를 바라보고 있었다.

우리가 가는 곳에 잠복한 위험 요소를 파헤치며, 우리에게 조언하는 것이 히비야의 임무였다.

코노하는 기절시킨 남자를 향해 고개를 꾸벅 숙인 뒤, 미안한 표정을 지으며 돌아왔다.

"여, 역시 사람을 때리는 건…… 어쩐지 기분 나빠."

코노하는 그렇게나 날카로운 공격을 날리던 인물이라고는 생각할 수 없을 정도의 심약한 몸짓으로 주뼛거리며 눈을 내리깔았다.

신타로는 한숨을 쉬더니 곤란한 듯이 머리를 긁적이며 입을 열었다.

"네 성격상 힘들어하는 것은 이해하지만…… 상황이 상황이니까. 뭐, 이제 나오지 않을 것 같으니, 조금만 참아줘."

코노하는 그 말을 듣고 후유, 하고 가슴을 쓸어내리더니, 이번에는 뭔가를 기대하는 듯한 시선으로 신타로를 바라보았다.

"내, 내가…… 신타로에게 도움이 되었어?"

신타로는 그 질문에 「동료에게 『도움이 된다』는 말을 하고 싶지는 않지만…… 엄청 마음 든든해」라고 말하며 웃었다.

그 말을 들은 코노하는 진심으로 기쁜 듯이 웃었다.

음~ 동료라, 역시 나는 이런 게 좋더라.

그렇게 일이 일단락된 후, 다시 걸음을 옮겨 T자로에서 왼쪽으로 돌자, 드디어 목적했던 문이 눈앞에 나타났다.

등줄기로 오싹한 감각이 내달렸다.

있다. 저 너머에…… 우리의 숙적이 기다리고 있다.

내가 얼어있는 것을 눈치챘는지, 신타로가 내 어깨를 툭 두드렸다.

"저 너머에 있는 건 네 아버지잖아? 어린애답게 하고 싶은 말을 확 해주자고."

……오오, 신타로, 멋진 말을 하잖아. 조금 분하지만, 이건 누나에게도 보고해야겠는걸.

그 기세 그대로 문 앞까지 다다라 신타로의 신호에 맞춰 코노하가 문을 발로 차서 부쉈다.

그 순간, 확 풍겨오는 포르말린 냄새에 나는 참지 못하고 얼굴을 찌푸렸다.

주변에 깔린 유색의 케이블, 난립해있는 연구 기재, 엄청

난 숫자의 모니터들…….

녀석은 어두침침한 연구실 가장 안쪽에, 우리와 정면에서 마주보듯이 앉아 있었다.

등 뒤에 설치된 모니터의 역광으로 표정은 보이지 않았다. 하지만 어째선지, 그 녀석이 야비한 미소를 짓고 있다는 것만은 확실하게 알 수 있었다.

"……어이어이. 이런 한밤중에 남의 집에서 소란을 피우다니, 교육이 안 되어 있구만? 빌어먹을 꼬마."

아버지의 목소리이지만 전혀 닮지 않은, 뱀이 혀를 날름거리는 듯한 불쾌한 목소리. 틀림없다. 그 녀석이 「밖」으로 나온 것이다.

"헷, 공교롭게도 난 고등학교도 안 나왔다고. 마음에 들지 않으면 설교라도 해보라고."

신타로는 그렇게 말하더니, 두려운 기색도 없이 그 녀석 쪽으로 다가갔다.

방 안에 녀석 이외의 인영(人影)은 없었지만, 어떤 트랩이 장치되어 있을지도 모른다.

신타로의 행동은 경솔하게도 보였지만, 자신감이 사라지지 않는 그 표정이 지금은 무엇보다 마음 든든했다.

"그나저나 겨우 셋이서 쳐들어오다니 나도 한참 얕보였구만. 조금 더 똑똑한 녀석이라고 생각했다만……."

진홍색으로 물든 녀석의 두 눈이 내 쪽으로 향했다.

잊을 수 없는, 그 날부터 오늘까지…… 계속해서 원망했던 눈동자 색이다.

나는 걱정을 눌러 죽이면서 입을 열었다.

"이쪽에는 엄청 강한 신입이 있으니까 말이지. 그가 여간해서는 꼼짝하지도 않는다는 것 정도는…… 알고 있잖아?"

내 말을 듣고, 붉은 시선이 코노하 쪽으로 이동했다.

조금 전까지 주뼛거리는 모습을 보이던 코노하였지만, 지금은 입을 한일자로 굳게 다문 채 녀석의 눈을 피하려고도 하지 않았다.

"전부 다 들었어, 선생님…… 아니, 『나쁜 사람』. 모두를 죽이겠다니…… 그런 거 용서하지 않을 거야."

코노하의 말이 무기질적인 실내에 고요히 울렸다.

그 순간, 녀석은 킬킬 웃는가 싶더니 머리카락을 쓸어 올리며 입을 열었다.

"이야~, 잘됐구나. 바라던 『친구』도 생긴 모양이고."

표표히 요점만 피해서 말하는 녀석을 향해, 드디어 신타로가 다가갔다.

"너의 책략은 이미 다 들켰어. 『아자미』에 대한 것도, 『아지랑이 데이즈』에 대한 것도…… 그리고 이 녀석들을 죽이고 능력을 빼앗아, 새로운 『메두사』를 만들려고 하고 있다는 것도."

그런 신타로의 말에도 녀석은 동요하지 않았다.

신타로는 계속해서 말했다.

“어쩔 셈인지는 모르겠지만, 이제 끝이야. 지금 바로 항복하고, 너의 입김이 닿아있는 녀석들을 전원 멈춰. 못 하겠다면…….”

신타로의 손가락이 코노하를 가리켰다.

“코, 코노하가 너를 혼내줄 거야.”

코노하가 흥, 하고 거칠게 콧김을 내뿜었다.

음~ 역시 어딘가 한심하다. 이래야 신타로지.

녀석은 잠시 뜸을 들인 뒤, 나른한 듯이 숨을 한 번 토하더니 드디어 의자에서 일어났다.

“……읏!”

신타로가 순간 비틀거렸다.

어두침침한 탓에 보이지 않았지만, 녀석의 오른손에는 권총이 쥐어져 있었다.

코노하도 그것을 눈치챘는지, 언제든 뛰쳐나갈 수 있도록 전투태세를 취했다.

“하아~. 어째서 내가 꼬맹이의 상대 같은 걸 해야 하는 건지, 정말이지…….”

녀석은 그렇게 말하더니, 천천히 손을 들어 신타로에게 총구를 겨눴다.

진홍색 두 눈이, 신타로를 노려보았다.

“그, 그만둬!”

그 순간, 코노하가 녀석과 신타로의 사이로 끼어들어 양손을 펼쳤다.

"바, 바보 코노하! 이래선 네가 위험하잖아!"

코노하는 허둥대는 신타로를 아랑곳하지 않은 채, 녀석을 향해 입을 열었다.

"이, 이제 그만둬. 나는 총에 맞는 정도로는 죽지 않고…… 아마 너 같은 건 금방 쓰러뜨릴 수 있을 거야."

코노하의 몸은 이상한 운동 신경과 재생 능력을 갖추고 있었다.

키도의 말에 의하면, 배에 커다란 구멍이 뚫렸는데도 원래대로 돌아왔다고 한다.

녀석도 그런 건 잘 알고 있겠지. 저쪽에 승산이 없는 것은 명백하다.

"아아, 코노하. 확실히 네 몸은 튼튼하지. 이래선 손쓸 도리가 없겠는걸."

마치 항복하는 것 같은 말투였다. 하지만 녀석은 여유로운 미소를 조금도 무너뜨리지 않은 채, 계속해서 방아쇠에 손가락을 걸고 있었다.

"그럼 말이다…… 이런 건 어떠냐?"

녀석은 그렇게 말하더니, 총구의 방향을 크게 틀었다.

나를 향하는가 싶던 그것은 천천히 호를 그리더니…… 아버지의 머리에 딱 닿았다.

갑작스러운 사태에 내 입에서는 고함이 터져 나왔다.

"무슨……! 뭐하는 거야?! 이 자식!"

"어? 뭘 하냐니…… 보면 알잖나. 네 녀석의 아버지를 죽이려는 거지."

눈앞의 광경에, 나는 예전에 들었던 불길한 말을 떠올렸다.

그 날, 그 해 질 녘의 옥상에서 녀석이 말했다. 「네 가족은 내가 살려주고 있는 거다」라고…….

그런가. 그랬던 건가.

그것은 우리 「아이들」을 향한 말이 아니었다.

다름 아닌 「아버지의 목숨을 쥐고 있다」고 말했던 것이다.

"자, 어떻게 할 거냐, 빌어먹을 자식. 너희의 목숨과 이 녀석의 목숨…… 저울질해 보라고."

녀석은 동요한 코노하의 등 뒤에 서 있는 신타로를 향해 말했다.

누구를 살릴지 선택하라니…… 그런 게 가능할 리 없다.

신타로의 성격을 생각한다면 더욱 그렇다.

녀석은 일그러진 미소를 지은 채 계속해서 신타로에게 결단을 재촉했다.

"어이 어이, 질질 끌지 말라고. 얼른 결정하지 않으면……."

"……그러니까 『이제 끝이다』라고 말했잖아."

느닷없이 나온 신타로의 말에 녀석의 미소가 살짝 무너졌다.
"뭐? 네 녀석, 이 상황에서 무슨 소리를 하는 거냐."
신타로는 조금도 달라지지 않은 목소리로 대답했다.
"아아, 모르는 건가. 그렇다면 확실하게 말해주지……."
아아, 무리다. 참고 있었지만 나까지 히죽거리게 된다.
신타로, 역시 재미있어. 정말이지 최고야.

"메카쿠시[#8] 완료다."

별안간 공간이 일렁이는가 싶더니, 눈앞에 보라색 후드가 나부꼈다.
이어서 나타난 백발 소녀의 눈동자가 우리의 「숙적」의 두 눈을 붙들었다.
녀석은 말 한 마디 남기지 못한 채 움직임을 뚝 멈췄고, 주변은 정적에 휩싸였다.

"……정말, 내 대사를 뺏지 마라. 신타로."
키도가 불만스러운 표정을 지으며 신타로에게 다가갔다.
"아니, 조금 정도는 괜찮잖아! 뭔가 결정적 대사를 날려야

#8 메카쿠시 메카쿠시는 일본어로 눈가리개(目隠し)라는 의미가 있다.

하는 분위기였단 말이야!"

신타로의 말에 마리가 고개를 갸웃했다.

"하지만…… 별로 멋있지 않았는데?"

"엇, 아, 아니…… 으음……."

신타로는 양손으로 얼굴을 덮으면서 그 자리에 웅크리고 앉았다.

힘내, 신타로. 나한테는 조금 멋있게 보였어. 절대 말로는 하지 않겠지만.

"……응, 이제 완전히 굳어버린 것 같아."

코노하는 아버지의 몸을 쿡쿡 찔러보더니, 그렇게 말하고 손을 들었다.

그 말을 듣고 키도가 안도의 한숨을 쉬었다.

"정말이지, 위험한 작선이었지만…… 어떻게든 잘 됐네. 중간에 마리가 숨이 차서 움직이지 못하게 됐을 때는 어찌 될까 싶었지만……."

"그, 그치만 다들 발이 빠른걸! 카노를 불렀는데도 놓고 가버리고……!"

마리는 그렇게 말하더니 볼을 잔뜩 부풀렸다.

"아, 아니, 그런 말을 해도 보이질 않으니 어쩔 수 없잖아. 애초에 그런 작전이었으니까."

"처음부터 누가 있는지 알면 『적』에게 틈이 생기지 않을 거라고 생각했으니까. 뭐, 그 결과 잘 풀려서 다행이야. 총구가 겨눠졌을 때는 역시 쫄았지만……."

신타로는 그렇게 말하고 일어서더니 한심하게 웃었다.

조금 전에 마구 몰아세워댔을 때에는 조금 늠름해 보였지만, 지금은 그 모습이 어디에도 보이지 않았다. 하지만 나는 이쪽의 신타로 쪽이 좋으려나.

작전을 처음 들었을 때에는 놀랐지만, 이러니저러니 해도 전부 신타로가 해결해버렸다.

그 점에서 나는 혼자 끌어안고 우물쭈물 고민하고…… 결국 마지막까지 아무것도 하지 못 했구나…….

"그나저나 녀석이 아버지를 인질로 삼으려고 했을 때에는…… 솔직히 놀랐어. 신타로가 말한 대로 되다니."

신타로는 아무 것도 아니라는 표정으로 대답했다.

"뭐, 어쩌면 이럴지도 모른다 정도의 예측이었지만 말이지. 어쨌든 마리의 능력으로 그 녀석을 무력화시킬 예정이었으니까."

"아니, 정말…… 고마워. 코노하에게 제압시켜도 됐을 텐데, 아버지가 다치지 않을 작전을 세워줘서……. 어쩐지 머리를 들 수가 없네."

내가 그렇게 말하자, 신타로는 「됐어, 기분 나빠. 너답지 않아」라고 말하더니 쑥스러운 듯이 웃었다.

그 모습을 보고 나는 그리운 감각을 떠올렸다.

누나는 눈치채지 못했던 모양이지만, 신타로는 누나에게만 다른 느낌으로 웃었다.

나는 그게 영 마음에 들지 않아서, 당시에 누나의 모습으로 학교에 다녔을 무렵에도 일부러 차가운 태도를 취하곤 했다.

더군다나 누나의 모습으로 그렇게 심한 말까지 해버렸으니……. 정말, 나는 어쩔 수 없는 녀석이다.

그런데도 신타로는 나를 용서하고, 이런 식으로 미소까지 지어준다.

……아아, 대적할 수가 없다. 역시 신타로에게는 이길 수가 없다.

"……그래서 이다음엔 어떻게 할 거야? 마리의 능력이 풀리기 전에 어떻게든 해야 하잖아?"

키도는 여전히 계속해서 굳어있는 아버지를 가리키며 말했다.

"어. 코노하, 그거 잘 가져왔지?"

"으, 응. 이거 말이지?"

코노하는 그렇게 말하더니 철제 와이어를 꺼냈다.

"우선 저걸로 꽁꽁 묶어서 아지트로 데려가자. 돌아가는 길은 키도의 능력을 사용하면 귀찮은 일도 없을 거고……

일단 이걸로 하나는 정리된 거지."

"그렇군. 아무리 강력한 능력이라도 몸의 자유를 빼앗으면 지금 당면한 위기는 피할 수 있겠지. 남은 건 아지트에서 굽든지 삶든지 해서 『아지랑이 데이즈』의 정보를 뱉어내게 하자……."

키도의 눈이 수상하게 빛났다.

"음…… 잊고 있는 모양인데, 우리 아버지라고. 일단은."

"응? 아아, 알고 있어, 응. 자, 코노하, 시작해줘."

키도의 지시를 받은 코노하는 아버지의 몸을 와이어로 칭칭 감기 시작했다.

설마 정말로 멈출 수 있을 거라고는 생각하지 못했다.

우리에게 미래가 있다니, 상상도 할 수 없었다.

이대로 잘 풀리면 『아지랑이 데이즈』에서 누나를…… 어쩌면 엄마도 구해낼 수 있을지도 모른다.

아아, 정말 생각해 본 적도 없었다.

만약 두 사람과 만난다면, 어떤 이야기를 할까. 너무 많은 일이 있어서 어디서부터 이야기하면 좋을지…….

하지만 분명 두 사람 다 웃으며 들어줄 것이다. 모두와 이것저것 이야기를 하고 웃으면서…….

……그런 있지도 않은 미래를, 나는 눈앞에서 코노하가 쓰러질 때까지 바보처럼 생각하고 있었다.

실상 워드 5

눈을 뜨자 나는 어두침침한 방 안에 누워 있었다.

연일 그렇게나 시끄러웠던 매미 소리가 어째선지 전혀 들리지 않았다.

좁은 공간을 채우고 있는 것은, 한여름이라고는 전혀 생각할 수 없을 정도로 차갑고 곰팡내 나는 공기였다. 거기에…… 맡아본 적 없는 불쾌한 냄새가 섞여 들어왔다.

천연석으로 쌓아올린 석벽에 일렁이고 있는 것은 촛불일까. 하지만 위치가 나빠서 방을 비추기에는 역부족이었다.

어둠에 익숙해지지 않은 눈으로 주변을 둘러보니, 방 전체의 모습이 어렴풋하지만 드러났다.

석조로 된 실내에는 정면에 철문이 하나 있었다. 문에는 어른의 눈높이 정도 되는 위치에 쇠창살이 쳐진 사각형으로 된 구멍이 뚫려 있었다. 아마 안을 들여다보기 위한 창문일 것이다.

오른쪽 벽에는 천장까지 닿는 목제 책장이 있었는데, 그곳에 책 몇 권과 작은 병 몇 개가 놓여 있었다. 책장 옆에는 오른팔이 없는 서양 기사의 갑주가 남아 있는 왼손에 창을 쥐고 서 있었다.

왼쪽 벽은 오른쪽 벽과는 대조적으로 물건이 없었고, 군데군데 검게 얼룩진 마대 같은 물건 하나가 아무렇게나 굴러다니고 있었다.

양초가 정면의 철문 옆에 설치되어 있는 탓에 내가 있는 곳까지 빛이 닿지 않았다.

……그런 이유로, 옆에 있던 언니의 존재를 알아차린 것은 그 가냘픈 숨소리 때문이었다.

"히익……!"

언니는 내가 등지고 있던 석벽에 기대듯이 서 있었다. ……아니, 그게 아니다. 그렇게 서 있을 수밖에 없었던 것이다.

언니의 양손에는 너비가 5센티미터 정도 되는 쇠고랑이 채워져 있었고, 천장에서 뻗어 내려온 쇠사슬이 쇠고랑과 연결되어 있었다. 그 모습을 언뜻 본 나는 포로라는 단어를 연상했다.

심상치 않은 광경에 순간 당황했다. 이것은 정말로 현실일까. 설마 꿈을 꾸고 있는 것은 아닐까.

하지만 눅눅한 공기와 거기에 엉겨 붙은 냄새와 고요히 울리는 언니의 숨소리가, 이것이 현실의 광경이라는 것을 여실하게 보여주었다.

이것은 꿈이 아니다. 나는 일어서서 언니에게 달려갔다.

"너, 너무해…… 이, 이게 무슨 일이야……!"

마주 본 언니는 의식이 없었고, 양손에 채워진 쇠고랑에 의지하듯이 매달려 있는 상태였다.

쇠고랑을 풀어보려고 해도, 쇠고랑은 언니의 머리 위에 있었다. 당연히 내 키로는 전혀 닿지 않았다.

주변을 휙 둘러보았지만 받침대가 될 만한 물건도 보이지 않았다. 내가 할 수 있는 것은 조금이라도 언니의 팔에 부담이 가지 않도록 몸을 지탱해주는 정도였다.

어쨌든 나는 부둥켜안듯이 언니의 허리에 팔을 둘렀다.

아아, 이게 도대체 어떻게 된 일이야!

오늘은 언니와 쇼핑하기로 했다.

시내에 있는 가게에서 아이스크림을 먹고, 같은 손수건을 사고, 언니의 방에서 저녁을 먹은 다음…… 틀렸어, 생각나지 않아.

도대체 뭐가 어떻게 돼서 이런 일이 일어난 걸까. 언니와 나는 어떤 이유로 붙잡혀서 여기에 갇힌 것이다.

하지만 누가 도대체 무엇을 위해? 애초에 여기는 어디지?

석조로 된 벽, 쇠고랑, 철문…….

"서, 설마……."

문득 떠오른 억측에 나는 몸을 떨었다.

『조부는 저택 지하에 악당을 가둬두었다.』

분명 예전에 언니가 그런 말을 했었다. 그때는 저택에 지하실이 있다는 이야기도 언니의 농담이라고 생각했지만, 만약 정말 있었다고 한다면, 설마 이곳이…….

말도 안 된다. 영문을 모르겠다. 그렇다고 해도 왜 우리가……!

언니의 몸을 지탱하던 팔이 덜덜 떨리기 시작했다.

"어, 어째서…… 이런……."

울어봤자 소용이 없는데도, 억누를 수 없는 눈물이 흘러나왔다.

언니와 나눴던 실없는 대화가, 일상이, 마치 이제 손이 닿지 않는 것처럼 멀게 느껴졌다.

이제부터 우리는 어떻게 될까. 이런 비현실적인 상황 끝에 무슨 일이 일어날지, 상상도 되지 않았다.

내가 쓰러져 울 것 같았던 그때, 익숙한 의연한 목소리가 들려왔다.

"……츠, 츠보미. 다치지는 않았니?"

의식을 되찾은 언니가 나른한 듯싶으면서도 또렷한 말투로 그렇게 말했다.

언니의 질문에 나는 어둡다는 것도 잊은 채 고개를 끄덕였다.

기세 좋게 고개를 흔든 것이 효과가 있었는지, 내 건강 상태는 충분히 전해진 모양이다. 언니는 「한시름 놓았다」며 힘없이 웃었다.

위기 상황이라는 것은 변함없지만, 언니의 미소를 본 것만으로도 내 공포심은 누그러졌다.

나는 조금이라도 상황을 전하기 위해 입을 열었다.

“저, 저기, 눈을 떴더니 여기에 있어서, 그…… 아무것도 기억이 나지 않아서…….”

“아아, 나도 그래. 저녁을 먹은 뒤의 기억이 없어. 뭔가 약을 탄 건가. ……그렇다고는 해도 이건 조금 곤란한걸.”

언니는 그렇게 말하더니 연결된 쇠사슬을 철컹철컹 흔들었다.

역시 저 쇠고랑은 언니가 스스로 풀 수 없는 것인가 보다. 그렇다는 말은 이 상황을 어떻게 할 수 있는 것은 나뿐이다.

나는 내가 무엇을 해야 할지, 언니의 말을 기다렸다.

“문을 보고 와주지 않겠니. 이렇게까지 했으니 자물쇠도 잠겨 있겠지만…….”

언니의 말에 따라 확인하러 가보니, 낡은 쇠문에는 손잡이조차 없었다. 언니가 말한 대로 반대쪽에서 자물쇠가 잠겨 있는 모양이다.

“아, 안 돼. 안 열려.”

“그런가. 다른 출입구라도 있으면 좋겠지만, 그럼 어떻게 해야 할까…….”

언니는 그렇게 말한 뒤, 두리번거리며 방을 둘러보았다. 이런 상황에서도 언니는 아직까지 당황하는 모습을 보이지 않았다.

이런 영문도 모르는 장소에서 양손에 쇠고랑이 채워지고 무섭지 않을 리가 없다. 분명 언니도 마음속으로는 두려워하고 있을 것이다.

그래도 그런 모습을 내비치지 않는 것은, 내가 불안하지 않도록 신경써주고 있기 때문일까.

철문에서 목제 책장이 있는 벽으로 시선을 옮긴 언니는, 갑주 주변을 유심히 보더니 뭔가를 깨달은 듯이 눈을 크게 떴다.

“어, 어째서 저게 여기에?”

처음으로 눈에 띄게 동요를 보인 언니의 말에 나는 고개를 갸웃했다.

갑주가 여기에 있는 것이 어째서 이상한 걸까.

“뭔가…… 알아낸 거야?”

언니에게 물어보자, 언니는 확실하게 알 수 있을 정도로 씁쓸한 표정을 지었다.

말하고 싶지 않다는 느낌이었다.

하지만 그것도 길게 이어지지는 않았고, 언니는 한숨을 쉬듯이 잠시 뜸을 들인 뒤에 이야기하기 시작했다.

"저 갑주는 오른손이 없잖아? 그건 내가 어린 시절에 놀다가 잃어버렸어. 당연히 그때는 갑주도 이런 곳에 놓여 있지 않았지."

"그, 그럼 여기는 역시……."

언니가 고개를 끄덕였다.

"분명 예전에 이야기했던 저택 지하실일 거야. 그리고 우리를 여기에 가둔 사람은 아마도……."

언니가 말을 꺼내려던 그 순간, 느닷없이 철문너머에서 뚜벅거리는 건조한 소리가 들려왔다. 발소리 같은 그 소리는 한 걸음, 또 한 걸음 더 큰 소리를 내며 문으로 다가왔다.

정체를 알 수 없는 내방자의 기척에, 나는 허둥지둥 언니 곁으로 뛰어갔다. 이 상황에서 누군가가 찾아온다면, 생각할 수 있는 가능성은 두 가지였다. 도와주러 온 것이거나, 또는…….

머지않아 발소리가 멈추고, 촛불의 희미한 빛이 철문의 창문을 들여다보는 냉담한 두 눈을 비추었다.

"아아……!"

나는 한눈에 아버지라는 걸 알아봤다.

하지만 어째선지 「구해주러 왔다」는 느낌은 조금도 들지 않았다.

언니를 바라보니 언니 역시 여전히 험악한 표정으로 철문 쪽을 노려보고 있었다.

"이곳의 열쇠를 갖고 있는 사람이 한 짓이라면 아버지일 거라 생각했어요. 이건…… 무슨 생각이시죠? 가족이라고는 하지만, 이런 일은 농담으로 끝나지 않아요."

"……린, 내가 농담을 한 적이 있나?"

아버지는 문 너머에서 평소와 무엇 하나 다르지 않은 담담한 말투로 그렇게 대답했다.

오싹한 기분이 들었다. 아버지는 부정하지 않았다. 우리를 여기에 가둔 사람은 아버지다.

언니는 기죽지 않은 채, 조용히 어세(語勢)를 높였다.

"어쨌든 얼른 여기에서 꺼내주세요. 지금 당장 그렇게 해주신다면, 이 일은 다른 사람에게 이야기하지 않겠어요. 그러니까……."

언니가 말을 다하기도 전에 철문이 철컹! 하고 울렸다. 자물쇠가 풀린 것이겠지. 그 직후, 새된 삐걱거리는 소리와 함께 문이 열렸다.

모습을 드러낸 아버지는 평소와 다름없는 무뚝뚝한 표정에, 슈트 바지와 하얀 셔츠를 입고 있었다. 정말로 평소와 변함없는 복장이었다. 그렇기에 더욱 「이상」한 부분이 두드러졌다.

아버지가 들고 있는 것은 거대한 식칼이었다.

촛불의 희미한 불빛에 떠오른 도신에는 거무스름한 것이 잔뜩 묻어있었고, 칼끝에서는 아직 마르지 않은 액체가 뚝뚝 떨어지고 있었다.

아버지가 입은 하얀 셔츠에는 소맷부리에서 옷의 앞부분까지 새빨간 얼룩이 튄 것처럼 묻어 있었다.

생각하지 않아도 알 수 있었다. ……피다.

"우, 우와아아앗!"

너무나 현실과 동떨어진 광경에 나는 비명을 지르며 언니에게 달라붙었다.

언니 역시 당황하며 몸을 굳혔다.

아버지는 그런 우리의 반응에도 얼굴색 하나 달라지지 않은 채, 천천히 방 안으로 발걸음을 옮겼다.

……살해당한다.

지금까지의 인생에서 느꼈던 공포심 같은 것은 비교도 되지 않았다. 말을 듣지 않는 몸이 바보처럼 이완되어 당장에라도 뿔뿔이 흩어질 것 같았다.

끓인 물에 담긴 것처럼 문답무용으로 몸 안을 내달리는 강렬한 오한에 전신이 떨렸다.

아버지가 다가오는 것을 막으려는 듯이 언니가 재빨리 입을 열었다.

"무, 무슨 생각을 하시는 거예요! ……미쳤어요?!"

언니의 노성에 아버지는 발을 멈췄다.

"미쳤냐라……. 그러고 보니 사용인들도 위에서 같은 말을 하더구나."

"무슨……! 그, 그럼 그 피는……."

"조금 소란을 피우기에 말이지. 뭐, 네가 신경 쓸 일은 아니다."

내가 매달린 언니의 몸이 작게 움찔거렸다. 저 피의 양…… 역시 아버지는 사람을 죽인 것이다.

아버지는 조금도 달라지지 않은 상태로, 계속해서 담담히 말했다.

"시간이 별로 없다. 그밖에 궁금한 것이 있다면 대답해줄 테니, 빨리 하거라."

나는…… 아니, 분명 언니도 마찬가지로 이 비현실적인 상황을 받아들이지 못하고 있었다.

어떤 이유가 있더라도, 언니를 지하실에 집어넣고 사람까지 죽이다니, 제정신이 아니다.

그런데도 아버지의 표정에는 동요는커녕 일말의 감정도 보이지 않았다.

상식이나 평범이나 그런 지식으로 가늠할 수 없는 이 상황을 앞에 두고, 나는 그저 몸을 떨 수밖에 없었다.

하지만 언니는 과감하게 입을 열었다. 아마 시간을 벌 생각이겠지.

그래, 나는 어찌되었든 언니에게는 이제 대화밖에 수단이 남아 있지 않은 것이다.

"어, 어머니는, 어떻게 하실 셈이세요. 그렇지 않아도 마음의 병이 있는데 이런 일을……."

"……아아, 그녀 말인가. 어떻게 하고 말고 간에 봐라, 거기에 있지 않나."

아버지의 시선이 바닥을 향했다.

그곳에는 조금 전에 보고 지나쳤던 마대가 굴러다니고 있었다.

"딱 츠보미가 왔던 날부터였나. 계속 그곳에 놓여 있었다. ……말하지 않았던가?"

"힉……!"

아버지의 말에 언니가 처음으로 비명을 질렀다. 잔 떨림이 손과 몸으로 직접 전해져왔다.

이어서 말이 되지 못한 언니의 목소리가 온 방 안에 울려 퍼졌다.

……정말 귀를 막고 싶었다.

내가 이 저택에 온 날부터 놓여 있었다고……?

나는 잠시 생각한 뒤에, 그제야 방 안에 가득했던 불쾌한 냄새의 정체를 깨닫고 강렬한 구역질을 느꼈다.

사용인들은 예전에 「사모님은 몸이 안 좋아지셨다」라고 말했지만, 그것은 사실이 아니었다.

아버지는 자신이 살해한 부인의 행방을 들키지 않기 위해 「부인의 몸이 좋지 않다」라는 거짓말을 했던 것이다.

아버지는 성격 상 평소에도 이런 태도를 보였다. 때문에 그렇게 듣고 언급하는 사람도 없었겠지. 그 다음에는 부인의 정신 상태를 방패삼아 자신이 식사 시중을 들겠다고 말하며 이 상황을 만들고, 그런 다음 몇 개월이나…….

아아, 나는 이 사람이 미친 지 얼마 되지 않았을 거라고 착각하고 있었다.

……이 사람은 인간이 아니다. 인간의 탈을 쓴 『괴물』이다.

나는 언니의 옷을 더욱 강하게 붙잡았다.

이대로라면 틀림없이 살해당할 것이다. 어떻게든 도망가야 해…….

하지만 언니의 손에는 쇠고랑이 채워져 있다. 저것을 풀기 위해서는 아마 열쇠가 필요할 것이다. 그것도 분명 아버지가 지니고 있겠지.

작게 오열하는 언니는 지금 어떤 기분일까. 어머니가 살해당하고, 아버지는 자신에게 칼을 겨누고…… 나는 상상도 할 수 없었다.

"……궁금한 것은 그게 다냐?"

더는 기다릴 수 없었는지, 아버지는 언니를 재촉하듯이

그렇게 말했다.

언니는 힘없이 바닥을 응시한 채, 이제 아버지의 말에도 반응하지 않았다. 눈물을 흘리는 그 두 눈에는 평소의 유려한 빛이 더 이상 보이지 않았다.

언니의 무언을 긍정으로 받아들인 것인지, 아버지는 우리 쪽으로 다가왔다. 그와 동시에 식칼을 쥔 오른손에 힘을 주는 것을 알 수 있었다.

어떻게 하면 되지, 이런 상황에서 내가 무엇을 할 수 있지?

힘으로 아버지에게 대적할 수 있을 리 없다. 그럼 어떻게…….

"……뭐냐, 츠보미."

나는 아버지를 마주 보았다.

대책을 강구하려던 머리보다 먼저 몸이 움직인 것이다.

아버지에 대한 공포심과 두려움이 없었던 것은 아니다.

그저 언니를 이런 절망적인 상황에 빠뜨린 눈앞의 존재를 용서할 수 없었다.

아버지를 정면에서 응시하던 나는, 눅눅한 공기를 들이마신 뒤에 입을 열었다.

"……조금 전에 궁금한 것이 있다면 대답해주겠다고 말하셨죠."

"그랬다만…… 질문할 게 있나?"

아버지가 나를 보았다.

……기죽지 마. 말을 해라, 츠보미.

"어, 어째서 이런 짓을 하는 거예요? 부인을 죽이고 사용인들까지…… 이유를 알려주세요."

내가 그렇게 말한 뒤 노려보아도, 아버지는 미동도 하지 않았다.

여기에서 아버지가 흥분이라도 하면, 그야말로 끝이다.

하지만 여기에서 내가 꺾일 수는 없었다. 하다못해 시간이라도 버는 거야. 어떻게든 이 상황을 타파하지 않으면……!

몇 초 뒤, 아버지는 작게 숨을 쉬었다.

"……대답하겠다고 했으니 말이지. 말하마. 네 어머니와 관련된 이야기다."

"……네?"

나는 예상도 하지 못한 아버지의 말에 당황했다. 내가 아버지에게 질문한 것은 이렇게 처참한 짓을 하게 된 동기이지, 추억담 같은 것이 아니었다.

그렇지 않으면 이 일이 뭔가 어머니와 관계되어 있다는 건가.

아버지는 살짝 눈을 가늘게 뜨더니 이야기를 시작했다.

"나는…… 자유롭게 살고 싶었다. 옛날부터 아버지가 정한 장래에는 아무런 흥미도 없었다. 그런데도 아버지가 고른 학교를 졸업해 아버지의 일을 이어받고, 아버지가 정한 얼굴도 모르는 여자와 결혼하고…… 마치 지옥 같았어. 내 인생인데도 내가 결정한 것은 아무 것도 없었지. 그렇게 해서 아이가 태어나고, 아버지도 돌아가시고…… 딱 그 시기에 네 어머니를 만났지."

그렇게 말하며 나를 바라보는 아버지의 두 눈에는, 지금까지 느껴본 적 없는 정념 같은 것이 담겨 있는 것처럼 보였다.

"거래처의 접대를 받았을 때…… 대단한 술이 나오는 것도 아닌 싸구려 술집에서 네 어머니가 노래하고 있었지. 다다미 여덟 장 정도의 넓이도 되지 않을 비좁은 무대에서, 얼마 되지 않는 손님들을 상대로 무척 즐겁게……. 바보 같은 여자라고 생각했다. 이런 지저분한 가게에서 알 거 다 알 만한 나이의 여자가 뭘 하는 건가하고 어이없어 했지. 그저……."

아버지는 거기까지 말하고 잠시 멈추더니 작게 숨을 토했다. 그리고 여기가 아닌 먼 곳을 바라보며 다시 입을 열었다.

"아름답다고 생각했다. 자유분방하고 천진난만한, 속박 같은 것은 조금도 느껴지지 않는 그 미소에 나는 태어나서 처음으로…… 사랑이라는 걸 했다."

나는 숨을 삼켰다.

아니야, 내가 듣고 싶었던 것은 이런 이야기가 아니야. 이런…….

"그 이후에는 꿈같은 나날이었어. 일 핑계를 대며 몇 번이나 그 가게를 찾아갔지. 남의 이야기를 잘 들어주는 여자였어. 그저 맞장구를 쳐주는 것만으로도, 그 녀석은 내 인생에 없었던 것을 전부 가르쳐주었다……. 어쩌다 휴일이 생기면 잘 다루지도 못하는 악기를 나에게 가르쳐주려고 해서 퍽 난감했었지. 나도 그 녀석을 놀라게 해주기 위해 나잇값도 못하고 연습에 매진했어. ……아아, 너는 들었다고 했지. 꽤 괜찮은 솜씨였지?"

"그 바이올린…… 아버지가 연주했던 건가요?"

나는 그제야 납득이 갔다.

언니가 몰랐던 것도 무리는 아니다. 아버지는 엄마와의 관계를 누구에게도 이야기하지 않았다……. 엄마의 앞에서만 바이올린을 연주했던 것이다.

"하지만 그런 날도 오래가지는 못했지. 나에게 가정이 있다는 걸 알고, 그녀는 내 앞에서 모습을 감춰버렸어. 가게도 그만두고 살고 있던 집도 떠나버리고……. 괴로웠어. 하지만 견딜 수는 있었다. 살아만 있어준다면 그걸로 충분했어. 살아있으면 다시 만날 수 있으니까, 다음에 만날 때 놀라게 해주기 위해 악기 연습도 계속했다. ……그녀가 죽었다는 소식이 들려 올 때까지, 정말로 다시 만날 수 있을 거라 생각했다."

그 순간, 이제껏 얼굴색 하나 바꾸지 않았던 아버지의 표정이 희미하게 일그러졌다.

가슴이 고통스러울 정도로 아팠다.

아버지의 사정이나 아버지의 생각 같은 건 무엇 하나 이해하고 싶지 않다. 그런데도 나는 지금 아버지의 감정을 아플 정도로 잘 알 수 있었다.

엄마를 잃은 슬픔은 누구보다도 내가 잘 알고 있으니까.

"……그날 장례식에 참석한 것은 작은 변덕이었다. 그녀는 죽었으니까. 딱히 향을 올릴 생각도 없었어. 하지만…… 깜짝 놀랐다. 설마 네가 있을 줄은 생각도 하지 못했지."

아버지는 그렇게 말하고 내 얼굴을 바라보았다.

평소와 같은 냉담한 눈빛이 아닌, 탁하고 힘없는 눈빛에 나는 멈칫했다.

"츠보미…… 너는 그녀가 나에게 남겨준 희망이다. 그때는 가족이 족쇄가 되었지만, 이번에는 달라. 이제 절대로 놓지 않겠어……. 오늘 이후로 너 이외의 모든 것을 버리겠다. 그리고 둘이서 살아가자. 원하는 것은 무엇이든 주마. 그래, 어떤 수단을 써서라도……."

아버지의 왼손이 내 어깨를 잡았다.

그렇게 아버지의 얼굴을 마주 보고, 나는 깜짝 놀랐다.

나를 보는 것이 아니었다.

아버지의 눈에 나는 조금도 비치지 않았다. 「내가 엄마의 아이다」라는 것만 보였다.

바닥이 보이지 않는 텅 빈 눈동자에, 나는 확신했다.

이 사람은 이제…… 아무도 구할 수 없어.

순간, 내 왼쪽을 가로지르듯이 언니의 다리가 아버지의 옆구리를 걷어찼다.

아버지가 들고 있던 식칼이 커다란 소리를 내며 바닥에 떨어졌다.

"으윽……!"

갑작스러운 일에 동요한 아버지는 크게 비틀거렸다.

생각보다 먼저 손이 뻗어 나갔다. 그래, 지금밖에 없다. 저 식칼만 빼앗으면……!

눈으로 식칼을 쫓으면서 뻗은 손이 칼자루에 닿으려던 그 때, 오른뺨에 강렬한 충격이 느껴졌다.

손끝과의 거리가 불과 몇 센티미터밖에 남지 않았던 식칼이 크게 흔들려 보이더니 엄청난 기세로 멀어졌다.

다음 순간 내 몸은 갑주의 발아래로 내동댕이쳐졌다.

"츠보미!!"

무너진 갑주가 바닥으로 떨어지며 내는 날카로운 소리 사이로, 언니의 비명소리가 어렴풋이 들려왔다.

가물거리는 시야에 아버지의 주먹 쥔 오른손이 보였다. 식칼과의 거리가 얼마 남지 않았을 때 후려 맞은 것이다.

아버지는 식칼을 천천히 주워들고 언니를 향해 다가갔다. 언니를 바라보는 그 표정은 도저히 인간의 것이라고 생각할 수 없었다.

최악의 상상이 머리를 스쳤다. 불꽃이 튄 것처럼 성대가 떨렸다.

"그만둬어엇!!"

아버지는 나를 한 번 흘깃 보더니, 증오에 가득 찬 표정으로 언니를 바라보았다.

"네가…… 같잖은 자매 흉내를 내면서 츠보미를 홀렸지?! 그래, 그 때야…… 츠보미를 데리고 돌아오라고 말했을 때…… 너, 그때 뭘 불어넣은 거냐!"

그때…… 불어넣다니…… 아버지는 도대체 무슨 말을 하는 걸까.

"나는 언니로서 당연한 말을 했을 뿐입니다. 이 아이는 아버지의 인형놀이 도구가 아니에요. 이 저택에 가둬놓고 밖으로 한 발짝도 못 나가게 하다니…… 말도 안 돼요!"

언니의 말이 지하 감옥 안에 메아리쳤다.

그 말을 듣고 아버지는 뭔가가 뚝 끊어진 것처럼 식칼을 천천히 들어 올렸다. 도신이 촛불을 반사하며 기분 나쁘게 번뜩였다.

내 머릿속에는 언니와 지냈던 짧은 나날의 기억이 떠올랐다.

처음 만났을 때, 솔직히 무서운 사람이라고 생각했다.

실수를 하면 혼을 내고 거짓말은 통하지 않았으며, 내 마음을 잘 전하지 못한 채 망설였던 때도 있었다.

……언니와 함께 했던 나날 중에서 기뻤던 일은 뭐였을까.

내 마음을 제대로 전했을 때 칭찬해주었던 일? 「귀여운 녀석」이라며 머리를 쓰다듬어주었던 일?

그것도 물론 기뻤지만, 분명 가장 기뻤던 일은 아닐 것이다.

아버지의 말을 듣고 또렷하게 생각났다.

언니는 누구의 아이이든 관계없다고 했다…….

—단 하나뿐인 동생이라고 말하며 나를 받아들여주었다.

손에 확실한 감각이 전해졌다.

날 끝이 살을 파고들며 관통했다는 것을 뚜렷하게 알 수 있었다.

아버지가 놀란 표정으로 나를 바라보았다. 평소의 냉담한 표정이 아니었다. 사람다운, 제대로 된 감정이 담긴 얼굴이다.

눈을 부릅뜬 아버지가 맥없이 쓰러지는 것과 동시에, 철로 된 손잡이가 양손에서 떨어졌다.

짤그랑하는 소리를 내며 창에 찔린 아버지의 몸은 바닥을 뒹굴더니 잠시 뒤엔 움직이지 않게 되었다.

그 옆에서는 바닥에 굴러다니던 갑주의 머리가, 자신이

계속 듣고 있던 창의 전말을 고요히 바라보고 있었다.

내가 뒤돌아보자, 언니는 입술을 깨문 채 나를 보고 있었다. 놀란 것인지, 슬퍼하는 것인지……. 나는 그 표정을 형용할 단어를 알지 못했다.

나는 아직까지 계속해서 떨리고 있는 입술을 억지로 비틀어 열고, 텅 빈 머리로 그 말을 입에 담았다.

“두, 둘만…… 남았네요.”

언니는 내 말을 듣고 다시 복잡한 표정을 지었다.

뭐라고 표현하면 좋을지 모르겠지만, 분명 항상 나를 쓰다듬어 줄 때의 그 표정과 가장 가까웠다.

“존댓말 금지라고 했잖아…… 츠보미.”

언니의 말에 내 시야가 물기로 젖어드는 바로 그때…….

엄청난 폭발음이 철문 너머에서 울려 퍼졌다.

너무나 갑작스러운 굉음에, 나는 견디지 못하고 그 자리에 주저앉았다.

느닷없이 울려 퍼진 그 소리는 땅울림을 동반하며 몇 번이나 반복되었고, 그때마다 흔들리는 천장에서는 모래 먼지가 쏟아져 내렸다.

“뭐, 뭐야, 이 소리는……!”

위에서 뭔가 터무니없는 일이 벌어지고 있었다.

바로 벌떡 일어난 나는 철문을 거의 몸을 부딪치는 형태로 밀어 열었다.

문 앞에는 바로 위로 올라가는 계단이 있었고, 그 맨 꼭대기에 위로 여는 창문 같은 것이 보였다. 아마 저것이 저택 1층의 어딘가로 이어지고 있겠지.

아무튼 위쪽의 상황을 확인해야만 했다.

내가 계단을 달려 올라가기 위해 발을 내딛은 순간, 격렬한 흔들림과 함께 다시 폭발음이 울려 퍼졌다.

"읏……!"

무심코 다리를 멈추고 눈을 감았다. 조금 전과 마찬가지로 연달아 울릴 거라 생각했지만, 이번 폭발음은 아무래도 단발인 모양이었다.

잠시 뒤에 주뼛거리며 눈을 뜬 나는 내 눈을 의심했다.

"어, 어떻게 이럴 수가……."

계단 맨 꼭대기에 보였던 위로 여는 창문이 불에 탄 나무 기둥에 꿰뚫려 산산조각 나 있었다.

그로 의해 뚫린 구멍에서는 불티가 타닥타닥 쏟아져 내리고 있었다.

놀라서 멍하니 있자, 등 뒤에서 언니의 목소리가 날아왔다.

"츠, 츠보미, 무슨 일이 일어나고 있는 거야?! 그곳에서 뭐가 보이지?"

언니는 뒤돌아본 내 얼굴을 보고 깨달았을 것이다. 언니는 벌레를 씹은 표정으로 「이럴 수가……」 하고 신음했다.

떠올려보았다. 분명 아버지는 「오늘, 모든 것을 버리겠다」고 말했다. 그 뒤에는 「시간이 없다」는 말도 했다.

만약 그 「모든 것」에 이 저택도 포함되어 있었다면…….

"……아버지가 불을 질렀겠지. 아마 불이 다 번지기 전에 너를 데리고 도망칠 생각이었을 거야."

내 생각을 언니가 먼저 입에 담았다.

아버지가 어디까지 생각하고 행동한 것인지는 모르겠지만, 마지막 모습은 적어도 제대로 된 상태는 아니었다.

부서진 창문에서 쏟아져 내리는 불티의 양을 보니, 위층은 안전하게 도망갈 수 있을 상황으로는 절대 보이지 않았다.

과연 아버지는 정말로 나를 데리고 도망칠 생각이었을까. 어쩌면 처음부터…….

나는 고개를 붕붕 저은 뒤, 생각하는 것을 억지로 그만두었다.

아무튼 지금은 언니의 손에 채워진 쇠고랑을 풀고 여기에서 벗어나야 했다.

그래, 우선 언니의 쇠고랑을……. 쇠고랑…….

심장이 두근거리며 뛰어올랐다. 저 쇠고랑을 풀 방법이 전혀 떠오르지 않았다.

내 키로는 도저히 저 쇠고랑에 손이 닿지 않았다. 받침대가 있다면 또 다르지만, 있다고 해도 불길 속이다.

만약 불길 속에서 멀쩡한 받침대를 찾아낸다고 해도, 유일한 출입구인 창문에는 나무 기둥이 박힌 상태라 사람이 아슬아슬하게 지나갈 수 있을지 없을지 모를 폭밖에 남아있지 않았다. 저런 틈새를 받침대를 들고 지나갈 수는 없겠지.

아니, 애초에 나는 중요한 것 하나를 아직 확인하지 못한 상태였다.

나는 서둘러 방 안으로 돌아와, 쓰러져 있는 아버지의 주머니를 차례차례 뒤졌다.

하나, 또 하나, 손을 넣어보았다. 그리고…….

"열쇠가 없어……!"

당연하다면 당연한 일일지도 모른다. 아버지가 모든 것을 버리겠다고 말했던 것을 떠올리고, 나는 절망감에 짓눌렸다.

아버지는 애초에 언니를 풀어줄 생각이 없었겠지. 처음부터 그럴 생각이었다면, 쇠고랑을 채운 뒤에 열쇠를 들고 다닐 필요는 없었을 것이다. 아마 위층 어딘가에 있겠지만, 불바다 속에서 그런 작은 열쇠를 찾는다는 것은 불가능했다.

그럼 어떻게 하면 좋지? 내가 무엇을 할 수 있지? 남은 시간 안에 도대체 무엇을…….

……안 돼. 포기하지 마. 생각해!

열쇠가 없어도 언니를 구해낼 방법이라면 분명 아직 뭔가 남아있을 것이다.

그래, 틀림없이 그럴 거야. 뭔가 방법이 있을 거야.
빨리, 서둘러. 생각하는 거야! 생각해, 생각해, 생각해……!!

"……츠보미, 이제 됐어."
언니의 목소리에 뒤돌아본 나는, 분명 형편없는 얼굴을 하고 있겠지. 내가 할 수 있는 일은 아무 것도 없다는 것을 깨닫고, 그나마 아슬아슬하게 유지하고 있던 내 안의 무언가는…… 이제 꺾여버렸다.
내 얼굴을 본 언니는 살짝 미소 짓더니 부드러운 말투로 말했다.
"애써줘서 고마워. 괴로운 일을 겪게 했구나. 자, 이제 도망쳐. 지금이라면 아직……."
"……그럴 수 없어."
내가 말을 자르자, 언니는 슬픈 듯이 얼굴을 일그러뜨렸다.
확실히 내 작은 몸이라면, 지금이라도 최단거리를 달려가면 도망칠 수 있을지도 모른다. 그래, 알고 있다. 그런 것은 이미 알고 있다.
단지 언니는 한 가지 착각을 하고 있다.
나는…… 언니와 함께 도망치고 싶다는 생각을 하고 있지 않았다. 언니만 도망가 준다면 된다고 생각했던 것이다.
"그도 그럴 게……. 도망친다고 해도 난 이제, 살아갈 수 없어……."

아버지의 몸에서 흘러나온 피가 내 발밑에 웅덩이를 이루고 있었다.

……아니, 아니다. 이것은 내가 만든 피 웅덩이다.

내가 아버지를 죽였다. 나는 더러워졌다. 함께 도망쳐봤자 언니 옆에 있을 수 없다.

홀로 피에 물든 길을 계속해서 걸어 나간다는 것은…… 생각할 수 없었다.

"아니야, 네 탓이 아니야! 너는 나를 지켜주려고 했잖아. 살아갈 수 없다니…… 우왓!"

강렬한 폭발음이 언니의 말을 잘랐다.

지금까지 들려왔던 폭발음보다 훨씬 컸다. 이제 타임 리밋이 다가오고 있었다.

타임 리밋인가……. 그보다는 게임 오버라는 말이 더 잘 어울린다.

나는 언니에게 달려가, 그 기세 그대로 언니를 부둥켜안았다.

마음을 전하기 위해 배웠던 말도 이제 필요 없었다. 나는 그저 언니의 몸에 얼굴을 묻었다.

연달아 쏟아지는 굉음에, 견고하게 보였던 석벽이 와르르 무너지기 시작했다.

언니의 말도 이제 귀에 닿지 않았다.

귀가 먹먹해질 정도로 삐걱거리는 소리가 울려 퍼지더니,

불타서 내려앉은 천장이 나무 책장을 찌부러뜨렸다. 회오리쳐 올라가는 열풍이 지하에 고여 있던 공기를 태우자, 이제 숨도 제대로 쉴 수 없었다.

활짝 보이는 위층의 풍경은 마치 지옥 같았다. 무너져 내린 천장을 뒤따르듯이 재가 된 가구들이 우르르 떨어졌다.

엄청난 불길 너머, 눈부실 정도로 주황빛으로 흔들리는 샹들리에를 눈 하나 깜빡이지 않고 응시했다.

……그렇게 나는 마지막에, 사방의 업화를 밀어내듯이 나타난 칠흑의 커다란 입을 보았다.

지워진 기억 속에서 내가 유일하게 기억하고 있던 것은 그런 풍경뿐이었다.

칠드런 레코드 side-No.1-(2)

"어, 어째서……."

코노하는 그런 짧은 말과 함께 그 자리에 쓰러졌다.

그리고 코노하가 묶으려고 했던 아버지의 몸도 실이 끊어져버린 것처럼 힘없이 고개를 숙이고 있었다.

이상하다. 마리의 능력의 효과가 떨어지기엔 아무리 생각해도 너무 일렀다. 도대체 뭐가…….

"도, 도망쳐……!"

부르짖는 소리가 울린 다음 순간, 코노하의 몸에서 거무칙칙한 그림자 같은 것이 튀어나왔다.

그림자는 코노하의 몸에 휘감기듯, 눈 깜짝할 사이에 코노하를 집어삼켰다.

"꺄아아아악!"

갑작스러운 사태에 마리가 비명을 질렀다.

그것은 한 번 본 적이 있었다.

어제 마리의 집에 갔을 때…… 코노하가 큰 부상을 입었을 때 나타났던 그림자다.

하지만 지금의 코노하는 상처 하나 입지 않았다. 그런데 왜 다시 저 그림자가 나타난 걸까.

불온한 공기가 주변에 가득 찼다.

이제 검은 그림자 덩어리가 된 코노하의 몸은 격렬히 물결치듯이 변모하고 있었다.

"어, 어이, 코노하! 들려? 제길……! 뭐가 어떻게 된 거야?!"

소리를 지른 사람은 신타로였다.

신타로가 다가가려고 하자, 그림자 속에서 몹시 일그러진 목소리가 새어 나왔다.

"아…… 안 돼. 다가오지 마……!"

이미 코노하의 목소리로는 들리지 않는 음색에 등골이 오싹했다.

하지만 그 목소리를 듣고도 신타로는 멈추지 않았다.

"기다려, 지금 구해줄 테니까……!"

신타로가 그렇게 말하며 그림자로 손을 뻗으려던 그 순간…… 그림자가 터지듯이 흩어져 사라졌다.

그림자가 있던 장소에는 한 남자가 서 있었다.

야비한 미소에 칠흑 같은 머리카락. 겉보기에는 코노하와

쏙 빼닮았지만, 그곳에 코노하의 분위기는 조금도 남아 있지 않았다.

남자는 천천히 입을 열더니, 코노하의 목소리로 이렇게 말했다.

"……게임 오버다. 빌어먹을 꼬마."

그 말과 함께 남자가 두 눈을 크게 떴다. 나는 너무나 불길한 느낌에 무심코 소리쳤다.

"신타로! 도망쳐!"

하지만 그렇게 외친 순간 나는 깨달았다. ……이미 늦었다.

남자는 엄청난 속도로 신타로의 목에 손을 뻗더니, 그 목을 붙잡고…… 잡아 찢었다.

모니터의 빛을 배경으로 뒤로 젖혀진 신타로의 몸이 힘없이 쓰러졌다.

그 와중에 솟구친 피보라는 철벅철벅 소리를 내면서 바닥에 커다란 피 웅덩이를 만들었다.

"아, 아, 아아……."

말이 나오지 않았다. 입에서는 한심한 목소리가 흘러나올 뿐이었다.

남겨진 두 사람이 뭔가 큰 목소리로 외치고 있었다.

안 돼. 뭔가 방법을 생각해. 지금 당장 이 녀석 앞에서 도망치지 않으면 우리는 모두…….

남자는 바닥에 떨어진 권총을 주워들더니, 그것을 황홀하게 바라본 뒤에 내 쪽으로 총구를 겨눴다.

몸이 말을 듣지 않았다. 머릿속이 새하얗게 물들었다.

그리고 마지막으로 귀에 닿은 것은, 이런 녀석의 입에서는 절대로 듣고 싶지 않은 말이었다.

"……잘 가, 단장."

실상 워드 6

「나쁜 짓을 한 사람은 죽은 뒤에 지옥으로 떨어진다」는 이야기를 들은 적이 있다. 누구에게 들었는지도 생각나지 않을 정도로 일반적이고 보편적인 이야기다.

하지만 「지옥」의 풍경을 떠올리려고 하면, 아무래도 픽션 같은 일본화가 생각났다.

아무튼 사진이 없는 것이다.

요즘 시대에 전 세계의 어떤 장소의 사진이든, 찾아보면 몇 장 정도는 찾을 수 있을 것이다. 찾지 못한다면 그것은 사진으로 남길 필요가 없었던 장소일 뿐이다.

하지만 「나쁜 짓을 한 사람이 갈 장소」라는, 불특정 다수의 인간이 갈 곳으로 정해질 만한 장소의 정보가 그림밖에 없다니 아무리 생각해도 이상하다. 어째서일까.

답은 간단하게도 「미신」이기 때문이다.

죽은 사람만 갈 수 있는 장소인데, 살아있는 사람이 그곳에 대한 자세한 정보를 알 수 있을 리가 없다.

「지옥」이라는 곳은 어딘가의 누군가가 나쁜 사람을 훈계하기 위해 생각한 옛이야기 같은 것이겠지. 어린아이인 나도 그 정도는 알았다.

그렇게 생각했지만…… 사실은 아무래도 그게 다가 아닌 모양이다.

8월. 나는 불길에 휩싸여 죽었다.

객관적으로 확인한 것은 아니지만, 자신 있게 그렇게 말할 수 있다.

활활 타오르는 엄청난 불길에 휩싸여 목이 타는 듯이 아프고, 눈앞이 새카맣게 되었던 것이다. 그랬는데도 죽지 않았다면 「나 좀 굉장한데?」라는 이야기가 된다.

그렇게 죽은 뒤에 깨달은 것이 몇 가지 있었다.

우선 생각할 수 있다는 것. 이것에 대해서는 솔직히 깜짝 놀랐다.

이제껏 몇 번인가 「죽으면 어떻게 될까」 생각해본 적이 있었지만, 대체로 그럴 때는 「아마 잠들었을 때처럼 아무 것도 느끼지 못하게 되겠지」라는 결론을 내리며 납득했다.

「뭔가를 생각한다」라는 것은 뇌를 사용하는 것이다.

화재로 죽었다면 당연히 뇌도 타서 없어져버렸을 것이다. 그런데도 머리가 돌아간다는 것은, 예컨대 영혼 같은 것이 실재하고 있었다는 말일까. 거기까지는 잘 모르겠다.

그밖에도 또 있다.

지옥인지 아닌지는 제쳐 두고 「사후 세계」라는 것은 아무래도 정말 있는 모양이다.

모양이다, 라는 것도 여기가 「사후 세계」인지 아닌지 객관적으로 확인할 방법이 없기에 추측의 영역을 벗어날 수 없기 때문이다.

하지만 적어도 나는 죽었고, 그런 내가 머물고 있으니까 아마도 그렇지 않을까 하고 유추한 것이다.

뭘 숨기겠는가, 나는 지금 사후 세계의 한가운데에 주저앉아 있는데.

뭐, 한가운데라고 해도 오른쪽도 왼쪽도 새카맸다. 내가 이 세계의 어디쯤의 위치에 있는지, 지도도 표지판도 없으니 확인할 방법도 없었다.

당연히 이 앞에 무슨 일이 일어날지 상상도 할 수 없었다.

뭐, 아무리 봐도 「천국」이라는 느낌은 들지 않았다.

꽃밭도 없는 데다가 귀여운 천사도 없으니, 역시 「지옥」이라는 인상이 들었다.

게다가…… 짐작 가는 것이 있었다. 나는 이 손으로 아버지를 죽였다. 지옥에 떨어진다고 해도 딱히 이상하지 않았다.

그렇다. 나는 결국 언니를 구할 수 없었다. 그 활활 타오르는 저택 안에서, 언니는 마지막에 무슨 말을 했을까. 뭔가를 들은 것 같지만, 아무래도 기억이 애매했다.

이제는 물어볼 수도 없었다. 모든 것은 이미 때가 늦었으니까.

어둠 속에서 의식만이 이상하게 또렷했다. 나는 이대로 사라질 수도 없는 것일까.

영원히 이곳에 계속 앉아 있어야 하다니, 하느님도 참 가혹한 처사를 떠올리셨구나. 정말로 지옥이라고 부르기에 걸맞았다.

울 수 있었다면 울고 있었겠지만, 이제 눈물도 나오지 않았다. 정적 속에서 그저 시간만이 흘러가고 있었다.

아아, 이게 고독인 걸까.

저택에서의 생활이 시작되었을 때, 「고독」하다고 생각한 적도 있었지만, 여기에 비교한다면 얼마나 행복했던 것인지…….

나는 너무 외로운 나머지 나도 모르게 입 밖으로 소리 내어 말했다.

"……누구, 없어요?"

있을 리 없다. 그렇게 생각하며 자신에게 상처를 주듯이 내뱉은 말이었다. 당연히 돌아오는 대답은 없었고, 어깨를 두드려주는 존재도 나타나지 않았다.

하지만 어떻게 된 일일까.

아득한 저편에서 말하기 전에는 존재하지 않았던 희미한 빛이 켜졌다.

생각하지도 못한 일에 나는 펄쩍 뛰었다. 어둠 속에서 떠오른 등불은 작았지만, 무엇보다 귀중하게 보였다.

나는 일어나서 오로지 그 빛을 향해 갔다.

어쩌면 저 등불도 별 중 하나로, 언제까지나 다가갈 수 없는 환상 같은 것일지도 모른다.

그래도 발이 멈추지 않았다. 그저 뭔가에 매달리고 싶었다.

한동안 나아가니 빛은 점점 더 커졌고, 광원은 어슴푸레하게 그 정체를 드러내기 시작했다.

형태가 보이고, 그 크기를 알게 되고, 조금만 더 가면 다다를 수 있는 곳까지 와서, 나는 발을 멈췄다.

그렇게나 달려왔는데도 숨은 차지 않았다. 역시 나는 죽은 것이고, 여기는 사후 세계인 것이겠지.

그래, 그런 게 분명하다. 분명 틀림없겠지만…….

"그럼 어째서 이런 곳에 집이 있는 걸까……."

눈앞에는 아무리 생각해도 암흑의 세계와 어울리지 않는 서양식의 귀여운 집 한 채가 있었다.

주변을 둘러보아도 달리 눈에 띄는 것이 있기는커녕, 물질적인 것은 무엇 하나 보이지 않았다. 정말로 아무런 맥락도 없이, 동화 같은 집이 어둠 속에 우뚝 서 있었다.

……숨겨진 레스토랑이라는 게 전에 TV에서 나왔었지.

그런 쓸데없는 생각이 떠올랐지만, 이런 곳에서 영업해봤자 누가 올까. 죽은 사람일까.

아니, 잠깐만. 꼭 그런 일이 없으리라는 법도 없지 않나.

죽고 나서야 처음으로 알게 된 것도 있다. 지금까지 내가 상식이라고 생각했던 것이 다가 아니었던 것이다.

지옥 역시 내가 상상했던 곳과 다를지도 모른다. 어쩌면 친절한 사신이 맛있는 스프를 대접하고 있을지도 모른다.

어쨌든 달리 갈 곳도 없다. 잃을 것도 없고.

나는 그 집 앞까지 가서 나무로 된 문 앞에 선 다음 노크를 했다.

……아무 반응이 없었다.

그냥 열어볼까 생각도 했지만, 이런 상황에서도 매너가 신경 쓰였다.

한 번 더 노크를 해볼까 하고 가볍게 주먹을 쥐었을 때, 소리 없이 문이 열렸다.

"……이, 이건 무슨 농담인가."

나를 맞이한 것은 조금 독특한 모습을 한 묘령의 여성이었다.

키는 작고 풍성한 검은 머리카락을 붉은 천으로 묶고 있었다.

주변이 어두워서 확인하기 어려웠지만, 상당히 심한 곱슬머리인 사람 같았다. 묶인 머리카락은 조금 예사롭지 않을 정도로 구불구불 꼬여 있었다.

그 사람은 나의 방문에 깜짝 놀랐는지, 나를 바라보는 두 눈이 커다랗게 뜨여 있었다.

어쩌면 찾아오는 사람이 별로 없는 집일까. 그럼 레스토랑은 아닌가…….

"저…… 여긴 도대체—."

내가 거기까지 말했을 때, 탕! 하고 문이 세차게 닫혔다.

어느 정도는 각오했지만, 이렇게까지 노골적으로 거절당하면 조금 상처받는다. 하다못해 한 마디 정도는 해줘도 괜찮지 않을까.

내가 굳어 있자, 이번에는 주뼛거리는 기색으로 문이 열렸다.

하지만 완전히 열린 것은 아니고, 10센티미터 정도 되는 틈 사이로 조금 전의 사람이 나를 엿보고 있었다. 살짝 엿보이는 표정을 통해 나를 수상쩍게 생각하고 있다는 것을 충분히 알 수 있었다.

"……무엇이냐, 너는."

무엇이냐, 라니, 상당히 희한한 말투였다. 하지만 나는 질문을 받았기에 대답했다.

"나는…… 츠보미. 당신은?"

내 대답이 예상 밖이었는지, 그 사람은 「우와, 정말로 대답했어」라고 말하듯이 다시 눈을 크게 떴다.

게다가 이름까지 들었으니 동요한 것이겠지. 그리고 몹시 당황한 모습으로 「어, 어째서 너에게 가르쳐줘야 하는 것이냐」 하고 내 말을 딱 잘라 거절했다.

남한테 먼저 물어놓고 말투하고는. 나는 살짝 발끈해서 그만 말투가 거칠어졌다.

"먼저 물어봤으니, 그쪽도 가르쳐줘야 하는 거 아닌가."

내가 강하게 나올 줄은 몰랐는지 나를 엿보고 있던 눈동자가 살짝 떨리더니, 그 사람이 입을 열었다.

"아…… 아자미."

"아자미…… 씨?"

"씨, 씨? 아니, 씨는 필요 없다. 아자미다."

아무래도 경칭을 붙이지 않고 이름을 부르는 것에 집착하는 사람인가보다.

경칭은 빼고 부르라니 그렇게 하자. 그럼 존댓말도 사용할 필요가 없다는 걸까.

분위기를 보니 난폭한 사람도 아닌 것 같다. 제대로 이야기하면 이것저것 알려줄지도 모른다.

"당신은 여기에서 살고 있어? 이것저것 물어보고 싶은데."

"그, 그것은 내가 할 말이다. 네 녀석은 왜 여기에 들어왔느냐. 뭐가 목적이냐."

아자미는 10센티미터 정도 되는 문틈을 조금도 더 여는 일 없이, 가느다란 목소리로 그렇게 물었다.

이렇게 경계를 받으니, 마치 동화 속에 나오는 늑대가 된 기분이다.

아아, 정말 일이 진행되지 않는다. 하지만 지금은 질문 받은 것에 대답하자. 여기에서 마음이 변해 자물쇠라도 잠그는 날에는, 그야말로 어찌할 도리가 없다.

"하아……. 달리 목적 같은 건 없어. 정신이 드니 여기에 있었는걸. 어떻게 이곳으로 들어왔는지 물어봐도…… 죽었으니까 왔다고 생각했는데."

너무 적당히 대답했나. 아니, 솔직히 정말 그 정도로 대답할 수밖에 없었다.

오히려 이 사람 쪽이 더 자세히 알고 있지 않을까. 아무래도 관계가 어긋나고 있는 듯한 기분이 든다.

하지만 내 말의 어디에 놀랐는지, 아자미는 눈을 크게 떴다.

"죽었다고……? 그, 그때 삼켜졌다는 말인가?!"

"삼켜졌다니…… 아."

그러고 보니 죽을 때, 분명 거대한 입 같은 것을 본 기억이 있다. 거기에 삼켜졌는지 어쨌는지까지는 확실하지 않지만, 그걸 말하는 걸까.

"확실히…… 뭔가 그런 걸 봤을지도."

"저, 정말인가! 자세히 말해봐라!"

꽤 관심을 보이게 된 아자미였지만, 문틈은 조금도 벌어지지 않았다.

아무래도 초조해진 내가 제안했다.

"알았어. 제대로 이야기할 테니…… 집에 들여보내주지 않을래?"

문 너머로 안절부절 못하던 아자미의 움직임이 딱 멈췄다. 아무래도 집에 누군가를 들이는 데에 상당한 저항감이 드는 모양이다.

아자미는 잠시 생각한 뒤에 「이상한 생각을 하는 건 아니겠지」 하고 거듭 확인했다.

이상한 생각이란 뭘까. 잡아먹히지 않을까 하는 생각이라도 드는 걸까.

"그런 생각은 안 해. 그보다 내 어디에 겁먹을 요소가 있다는 거야?"

내가 그렇게 말하자 「과연」 하고 생각이라도 한 건지, 아자미는 드디어 문을 활짝 열었다.

"……들어와라."

아자미는 짧게 말하더니 발길을 돌렸다.

그 뒤를 따라 집 안으로 들어가자, 집 내부는 외관보다 더 환상적이었다.

방의 벽 일면에 늘어선 책장에는 고서 같은 것이 빽빽하게 꽂혀 있었다. 저택에도 비슷한 방은 있었지만, 너무나도 호화로워서 가슴이 쓰렸던 기억이 있다.

그에 비해 이 방은 어딘가 귀여운 면이 있어서, 호불호를 말하자면 단연 이쪽이 더 좋았다.

내가 두리번거리자, 아자미가 한 층 더 수상쩍다는 듯이 나를 바라보았다.

"가, 값나가는 물건은 없다."

값나가는 물건이 있는지 물색하고 있는 것처럼 보였던 걸까. 정말이지, 이상할 정도로 경계심이 강한 사람이다.

"뭔가 훔쳐갈 생각은 없다니까……."

아자미는 「흥」 하고 작게 콧소리를 내더니, 창 옆에 있는 작은 의자를 가리키며 「앉아라」라고 말했다.

아자미가 재촉하는 대로 그곳에 앉았다.

딱 팔꿈치를 올려놓을 수 있는 위치에 의자와 어울리는 작은 테이블이 있었다. 독서를 하면서 홍차라도 마시기에 딱 알맞은 가구 배치였다.

아자미는 테이블을 사이에 두고 맞은편 의자에 앉더니, 내 얼굴을 가만히 응시했다.

조금 전의 모습을 감안하건데, 정말로 사람이 찾아오는 일이 드문 거겠지. 아니, 맨 처음에 아자미는 「무슨 농담인가」라는 말을 했으니, 어쩌면 내가 첫 방문자일지도 모른다.

하지만, 내부 장식이 정말 잘 되어 있어서 묘하게 납득하게 되었지만, 생각하면 생각할수록 이 집은 이상했다.

주위에 마을이 있는 것도 아닌데 책을 시작으로 테이블에 의자까지, 정말로 어디에서 가져온 걸까.

이 세계에 대해서도 그렇고 아무튼 묻고 싶은 것이 많았다.

가만히 있으면 아자미는 아무 것도 물어보지 않을 것 같아서 내가 먼저 입을 열었다.

"그래서…… 여기는 도대체 어디야? 당신 혼자 살고 있는 것 같은데 뭔가 알고 있어?"

내 질문에 아자미는 발끈한 표정을 지었다.

"뭔가 알고 있냐고? 당연하다. 어쨌든 이곳은 내가 만든 세계이니까."

……잘못 들은 걸까.

"음…… 이 집을 지었다는 말이야?"

아자미는 더욱 볼을 부풀렸다.

"집을 지은 사람은 내 남편이다. 이 세계를 만든 게 나라고 했다."

아무래도 말이 맞지 않았다. 이 새카만 세계를 만든 게 아자미라고?

세계를 만들다니, 그런 신 같은 일을 이런 작은 여자가 혼자 했다니, 믿을 수 없었다.

내가 멍하니 있으니 의심하고 있다는 것이 전해진 걸까.

아자미는 불쾌한 표정으로「믿지 않는군」하고 퉁명스럽게

말하더니 눈을 내리깔았다.

여기에서 아자미가 불쾌해 하면 곤란하다. 그렇다고 그대로 믿을 수도 없어서 솔직하게 말하기로 했다.

"아니, 믿지 않는다기보다……. 애초에 그, 세계를 만든다는 게 인간이 할 수 있는 일이 아니니까……."

"인간이 할 수 있는 일……?"

내 말의 어디에 놀랐는지, 아자미가 입을 떡 벌렸다. 하나하나 이상한 곳에서 반응하는 사람이다.

"네 녀석, 나를 인간이라고 생각한 건가?"

"어? 그야 뭐, 평범하게 여자라고……."

그렇게 말하던 나는 겨우 깨달았다.

붉은 두 눈에, 꼬인 머리카락. 뺨에는 비늘이 조금 붙어 있었다. 조금 특이한 용모라고 생각했지만, 그 모든 것이 전부 정말 진짜처럼 보였다.

보면 볼수록 아자미의 용모는 화장이나 그런 종류의 것으로는 보이지 않았다.

"당신…… 인간이 아닌 거야?"

내 물음에 아자미는 겸연쩍은 듯이 「정말 이상한 녀석이로구나」라고 말했다.

……아니, 이 경우 아무리 생각해도 이상한 것은 아자미라고 생각하는데.

애초에 「인간이 아니」라니, 보통은 도저히 믿지 못할 이야기다.

아자미의 용모도 설명하자면 할 수 있었다. 영화 속에서는 특수 분장으로 무서운 얼굴을 만들기도 하고, 그럴 가능성을 생각하는 쪽이 훨씬 더 현실적이다.

하지만…… 그것은 말 그대로 여기가 「현실」이었을 때의 이야기다.

나는 죽은 상태인데, 이렇게 대화를 나누고 있다는 것 자체가 애초에 비현실적인 이야기가 아닌가.

아자미가 인간이 아니라면, 조금 전에 했던 「세계를 만들었다」는 이야기도 거짓말이라고 단정 지을 수 없었다.

그래, 나는 좀 착각하고 있었다. 여기는 상식으로 지켜지던 현실 세계가 아니다.

아자미의 이야기를 들으려면 우선 「상식」이라는 고정 관념을 버려야 할지도 모른다.

"……미안, 조금 전의 이야기는 조금 의심했어."

내가 사과하자, 아자미는 정말 기묘한 것이라도 보는 듯한 표정으로 「아니, 별로 상관은 없다만……」 하고 대답했다.

잠시 침묵이 흐른 뒤, 나는 한 번 더 말을 꺼냈다.

"여기에 대해서 말인데……. 나는 완전히 지옥이나, 그런 장소라고 생각했어."

"지옥? 아아, 너희 인간이 만든 그 이상한 미신 말인가. 그런 게 있을 리 없지 않나."

"그렇게 말한다면 여기도 비슷하잖아. 그보다 아자미, 어떻게 이런 곳을 만든 거야?"

창밖에는 여전히 암흑의 세계가 펼쳐져 있었다. 설마 페인트로 치덕치덕 칠한 것도 아니겠지.

광대한 공간을 만들어내는 방법이라는 것은, 그야말로 상식의 범주 안에 없다.

나는 아자미라는 존재에 대해 순수하게 흥미가 솟아올랐다.

아자미는 뾰로통한 표정으로 돌아와서 성가시다는 듯이 대답했다.

"나는 너희 인간과는 다르다. 대부분의 일을 할 수 있고, 이런 세계 같은 건 능력을 사용하면 쉽게 만들어낼 수 있지."

아자미는 그렇게 말하더니, 조금 자랑스러운 듯이 입꼬리를 끌어올렸다.

세계를 쉽게 만들 수 있다니, 그야말로 신 같은 이야기다. 어쩌면 아자미는 정말로 그런 존재가 아닐까.

하지만 그런 이야기를 들으니 실제로 보고 싶기도 하다.

나는 계속해서 질문했다.

"쉽다는 말은, 그럼 지금 여기에서 확 만들어낼 수도 있는 거야?"

내 말에 아자미는 어깨를 움찔 떨었다.

"지금은 그…… 만들 수 없다."

"……그럼 뭘 할 수 있어?"

"으…… 대, 대단한 것은 할 수 없다."

조금 전의 자신감은 어디로 갔는지, 아자미는 어깨를 축 늘어뜨린 채 고개를 숙였다.

이래서는 어쩐지 내가 괴롭히고 있는 것 같잖아.

"대, 대부분의 능력을 몸에 두고 와버렸단 말이다. 그래서 지금은 이렇게 대화를 나누는 정도밖에……."

그렇게 말한 아자미는 당장이라도 울 것 같은 얼굴을 했다.

굉장한 건지, 굉장하지 않은 건지 전혀 알 수 없는 녀석이다.

내가 흥미 없다는 듯이 「흐응」 하고 대꾸하자, 아자미는 분개한 것처럼 거친 목소리로 말했다.

"네, 네 녀석, 믿지 않는구나? 좋다, 능력이 돌아오면 가장 먼저 네 녀석에게 보여주마!"

아니, 뭐…… 그렇게까지 해주지 않아도 되는데…….

그보다 애초에 딱히 아자미를 의심할 필요도 없다. 나를 속여 봤자 아무 이득도 없을 테고, 이런 최악의 상황에서 속았다고 해봤자 나에게는 아무런 피해도 없다.

그렇기에 우선 사실이라고 생각하고 이야기를 듣기로 했다.

"그보다 그…… 능력? 몸에 두고 왔다니 무슨 소리야? 아자미, 지금 몸이 있잖아?"

내 말에 아자미는 한숨을 쉬었다.

"몸이 있는 것처럼 보이지만, 그렇지 않다. 지금은 『눈을 뜨는』 능력을 써서 의식만으로 움직이고 있는 거다."

눈을 뜬다? 어쩐지 상쾌한 이름의 능력이다.

하지만 지금의 설명만으로는 전혀 이해가 가지 않았다. 의식만으로 움직인다는 것은 도대체 어떤 걸까.

내가 고개를 갸웃하자, 아자미는 설명을 보충했다.

"너희가 말하는 『혼』만으로 움직이는 것과 비슷하다."

과연 이해하기 쉬웠다. 하지만 잠깐만. 그렇다는 말은…….

"그, 그럼 유령이라는 거야……?"

내 질문에 아자미는 어이없다는 듯이 대답했다.

"너도 비슷하지 않나."

아아, 듣고 보니 그랬다. 정말이지, 내가 죽었다는 실감이 들지 않아서 곤란하다.

아자미는 창밖을 보더니, 푸념하듯이 계속해서 말했다.

"굉장히 오래 전에 못된 녀석에게 속았다. 몸도 가족도 전부 빼앗겨 버렸지. 이렇게 어떻게든 도망쳐 온 것은 다행이었지만, 능력이 없으면 아무 것도 할 수 없으니……."

어쩐지 들으면 들을수록 상당히 참혹한 이야기였다.

가족도 빼앗기다니……. 그렇다면 계속 혼자 여기에 있었던 걸까.

나는 아주 잠시 혼자 있었던 것만으로도 미칠 것 같았는데, 아자미는…….

"……그 몸은 어떻게 되찾을 수 없는 거야? 그 못된 녀석이 있는 곳으로 잠입한다거나 해서……."

내 말에 아자미는 쓴웃음을 지었다.

"이 정신을 몸으로 되돌린다 해도, 지금은 대단한 건 할 수 없다. 『눈을 합치는』이라는 이름의 『능력을 지배하는 능력』을 잃어버렸으니까."

"잃어버렸다니…… 어딘가에 떨어뜨린 거야?"

"아니, 그건 아니다. 손녀에게 목숨 대신으로 주고 왔으니까."

아자미는 그렇게 말한 뒤, 우울한 듯이 눈을 가늘게 떴다.

"손녀는 지금 바깥 세계에 있지만, 잘 지내고 있을지……. 홀로 외로워하시 않았으면 좋겠다만……."

아자미의 진홍색 눈동자에 천천히 눈물이 어렸다.

가족과 만날 수 없게 되었다는 것이 얼마나 괴로운 것인지는 나도 알고 있었다.

분명 아자미도 그 손녀와 만날 수 없어서 계속…….

……응?

"아, 아자미, 할머니인 거야?!"

"뭐, 뭐냐. 그게 뭐가 이상한가?"

이상하고 자시고 아자미의 겉모습은 아무리 많이 쳐줘도 스무 살 전후로 보였다. 도저히 「할머니」가 될 나이로는 보이지 않았다.

「세계를 만들었다」거나 「영혼으로 움직이고 있다」거나 엉

뚱한 이야기도 거기까지 가면 너무 엉뚱해서 반대로 의심할 생각도 들지 않았지만, 이 겉모습으로 손녀가 있다니……!

안 되겠다, 상상력이 이상하게 작동해서 도무지 받아들일 수가 없었다.

내가 당황하자 아자미가 웃음을 터뜨렸다.

"그러니까 나는 인간이 아니라고 하지 않았나. 네 녀석들처럼 나이를 먹지도 않고 겉모습도 변하지 않는다."

아자미는 재미있어서 못 견디겠다는 듯이 그렇게 말하며 눈꼬리에 맺힌 눈물을 손으로 닦았다.

"설마, 그 녀석 이외의 인간과 이런 식으로 이야기를 나눌 날이 오리라고는 꿈에도 생각하지 않았다. 정말이지, 재미있는 녀석이구나."

재미있다는 것은 아마 나쁜 의미는 아니겠지만, 이렇게 깔깔대며 웃으니 어쩐지 몹시 부끄러워졌다.

나는 얼굴이 새빨개지는 것을 견디지 못하고 화제를 돌렸다.

"그, 그런데! 아자미가 조금 전에 듣고 싶어 했던 건 뭐야? 뭔가 내가 이쪽으로 온 걸 보고 놀란 것 같았는데……."

아자미는 「무슨 소리냐」라고 말하듯이 고개를 갸웃했지만, 그 직후 퍼뜩 깨달은 듯이 몸을 내밀었다.

"그, 그래! 네 녀석, 죽을 때 삼켜져서 여기로 왔다고 말했지. 그건 분명한가?!"

"어, 음…… 아마 그럴 거라 생각해."

말했다기보다는 아자미의 질문에 대답하는 형태였다고 생각하지만, 어쨌든 틀림없을 거다.

업화 속에서 열렸던 커다란 입……. 죽을 무렵 다른 기억은 희미하지만, 어째선지 그 광경만은 또렷하게 기억하고 있었다.

"너, 너는 그때 혼자였나? 혹시 누군가 다른 인간과 함께 있었던 것은……."

"어, 응. 언니와 둘이 있었는데……."

아자미는 내 대답을 듣는 순간 새파랗게 질렸다.

"왜, 왜 그래? 거기에 뭔가 문제라도 있어?"

"이 세계는…… 『아지랑이 데이즈』는 지금 일절의 지시를 내릴 수 없는 상태다. 설마했지만 그렇게 됐을 줄은……."

『아지랑이…… 데이즈』? 아자미가 이 세계에 붙인 이름일까.

단어의 의미는 잘 모르겠지만, 어쩐지…… 어감이 나쁘지 않았다.

아자미는 「지시를 내릴 수 없는 상태」라고 했다. 아마 지금의 아자미는 이 세계를 컨트롤할 능력이 없다는 뜻이겠지.

몸에 대부분의 능력을 두고 왔다고 했는데, 그것과 관계가 있을지도 모른다.

하지만 그거랑 내가 이 세계에 삼켜졌다는 이야기가 어떻게 연결되는 걸까.

내가 「무슨 말이야?」 하고 묻자, 아자미는 곤란해 하면서

도 계속해서 이야기했다.

"일찍이 내가 아직 힘을 갖고 있을 무렵, 『아지랑이 데이즈』 바깥 세계에서 딸과 손녀가 인간에게 습격당했다. 딸과 손녀는 지독한 상태였어……. 보다 못한 나는 바로 아지랑이 데이즈에 지시를 내렸다. 『죽기 직전의 두 사람을 삼켜라』라고. ……하지만 딸과 손녀가 이 세계에 들어왔을 때에는 이미 목숨이 끊어진 상태라, 목숨을 대신할 것을 줄 수밖에 없었지."

"목숨을 대신할 것……."

조금 전에 아자미가 비유했을 때 나왔던 「혼」 같은 것일까.

내가 다음 이야기를 기다리자, 아자미는 양 손바닥을 내 앞으로 펼쳐보였다.

"나에게는 원래 열 가지 능력이 있었다. 그것이 인간의 목숨을 대신할 수 있는 모양이지만, 아무래도 상성이라는 것이 있는 것 같아서 말이지. 그때, 딸과 손녀에게 적합한 능력은 하필이면 둘 다 『눈을 합치는』 능력…… 『아지랑이 데이즈』 자체를 제어하는 능력이었던 거다."

아자미는 거기까지 말하고 목소리를 떨었다.

"나는 그 『목숨』을 누구에게 줘야 할지 알 수 없었다. 하지만 딸이 말했다. 필요 없다고……. 손녀에게 주라고 말하기에, 나는……."

그렇게 말한 아자미는 눈물을 뚝뚝 흘렸다.

……잔혹한 이야기다.

하나의 목숨에 적합한 인간이 둘인데 그것을 나눌 수 없다면, 필연적으로 되살아날 수 있는 것은 한 사람뿐이다.

딸은 아자미의 손녀에게…… 자신의 딸에게 목숨을 양보한 것이다. ……그러니까 분명 이제 이 세상 사람이 아니겠지.

아자미는 작게 코를 훌쩍인 뒤 계속해서 말했다.

"……그 뒤에 나는 『아지랑이 데이즈』는커녕, 내 능력조차도 대부분 다룰 수 없게 되었지. 어떻게 『눈을 뜨는』 능력은 사용하고 있지만, 이것도 언제 사용할 수 없게 될지……."

자신의 손바닥을 바라보며 아자미의 표정에는 불안한 기색이 번졌다.

목숨을 대신하는 능력과 이 세계의 실상……. 정말 비상식적이지만, 아자미의 이야기에는 이상하게도 논리가 통해서 아무래도 거짓말처럼 보이지는 않았다.

하지만 여기까지 이야기를 들어도 역시 이해가 가지 않았다.

"사정은 알겠지만……. 근데 아자미, 그 이야기랑 내가 삼켜진 거랑 어떤 관계가 있는 거야?"

아자미는 몹시 미안한 표정으로 우는 소리를 하듯이 말했다.

"……모르겠나. 나는 『죽기 직전의 두 사람을 삼켜라』라고 『아지랑이 데이즈』에 명령했을 뿐 『그만하라』고 말한 적은 없다."

나는 순간 무슨 뜻인지 이해하지 못했다.

명령했을 뿐이라는 것은 그 지시가 마지막 지시가 되었다는 말이다.

아자미가 마지막에 내린 지시는 「죽기 직전의 두 사람을 삼켜라」.

거기까지 생각했을 때, 기분 나쁜 추론이 뇌리를 스쳐 지나갔다.

"자, 잠깐 기다려. 그럼……."

아자미는 조용히 고개를 끄덕였다.

"『아지랑이 데이즈』는 지금 무차별적으로 『죽기 직전의 두 사람』을 계속해서 삼키고 있는 거다. 여기는 시간이 없는 세계…… 삼켜진 인간은 죽지도 못한 채 영원히 이곳을 헤매게 되는 것이지. 지금의…… 너처럼 말이야."

아자미의 새빨간 눈동자가 동정이 담긴 시선으로 나를 바라봤다.

평소라면 심장이 세차게 뛰었을지도 모른다. 머릿속은 그렇게 돼도 이상하지 않을 정도로 몹시 혼란스러웠다.

하지만 내 가슴은 빨리 뛰기는커녕 조금도 움직이지 않았다. 그래, 나는 이미 죽은 것이다.

아자미는 분명 거짓말을 하는 것이 아니다.

나를 겁먹게 만들고 싶은 것이라면 더 무서운 이야기가 잔뜩 있을 테고, 게다가…… 거짓말이었다면 이렇게 슬픈 표정은 지을 수 없을 거라고 생각한다.

시간이 없는 세계……『아지랑이 데이즈』.

두 사람을 삼키는 것이 규칙이라면 함께 있던 언니도 분명 이 세계의 어딘가에 있겠지.

아지마와 만나기 전의 나와 마찬가지로, 홀로 고독한 어둠 속에 주저앉아 있을지도 모른다.

「죽는다」는 의미가 만약 아무 것도 느낄 수 없게 되는 것이라면…… 뭐야, 역시 이곳은 지옥이잖아.

죽지도 못하고 사라지지도 못한 채, 우리는 영원히 이곳에 갇혀 있는 것이다.

이상하게도 공포심은 들지 않았다. 그저 엄청난 슬픔만이 내 가슴을 채우고 있었다.

"……너, 너는, 어떻게『그것』을 사용할 수 있는 거냐?!"

문득 아자미가 커다란 목소리로 외쳤다.

진홍색 눈동자는 처음 나와 만났을 때와 마찬가지로 커다랗게 뜨여 있었다.

아자미는 뭔가「사용할 수 있다」……라고 말한 것 같았지만, 뭘 말하는 걸까.

나는 아무 것도 하지 않았다. 그저 테이블을 응시하며 상념에 빠져 있었을 뿐이다.

"어? 무, 무슨 이야기를 하는 거야? 잘 모르겠는데……."

아자미는 내 목소리가 귀에 닿지 않는 듯, 덜컹 소리를 내며 일어났다.

그러더니 이번에는 느닷없이 내 가슴으로 손을 휙 뻗었다.

"우왓!"

갑작스러운 아자미의 행동에 깜짝 놀란 나는 몸을 돌려 그 손을 피했다.

"잠깐…… 갑자기 뭐하는 거야! 뭔가 마음에 들지 않는 일이 있었다면……?"

나는 의자에서 일어나 강한 어조로 그렇게 말했지만, 아자미의 수상한 행동을 보고 무심코 말을 잃었다.

몸을 돌린 나는 의자를 가운데에 두고 창문과는 반대쪽에 서 있었다.

반면에 아자미는 내가 앉아 있던 의자 바로 위의 허공을 마치 고양이가 뭔가에 달라붙으려 하는 것 같은 움직임으로 깡충깡충 뛰고 있었다.

게다가 그 움직임에 맞춰서 「어잇…… 어잇……」 하고 뭔가 주문 같은 것을 외고 있었다.

……아, 아자미가 망가져버렸다.

딸과 손녀 일로 너무 고뇌한 나머지, 결국 한계를 넘어버린 것일까.

아니, 무리도 아니다. 아자미의 이야기는 잠깐 들은 것만으로도 전해질 정도로 괴롭고 절실한 것이었다.

분명 나에게 이야기한 것으로 뭔가의 틀이 벗겨진 것이겠지.

어쩐지 울적한 기분이 든 나는, 필사적으로 계속해서 「어잇!」 하고 외고 있는 아자미의 등을 조용히 쓸어주었다.

"우와아아앗!"

그 순간 아자미는 펄쩍 뛰어오르더니, 손을 대고 있던 테이블과 함께 바닥으로 넘어졌다.

조금 전보다도 더욱 기괴한 아자미의 행동을 보자 아무리 나라도 뒷걸음질 치게 되었다. 이런 식으로 날뛰다니, 정말로 어떻게 된 걸까.

아자미는 바닥에 세게 부딪친 허리 부분을 한차례 쓸더니, 찌릿하고 소리가 들려올 정도로 나를 노려보았다.

"가, 갑자기 놀라게 하다니! 무슨 생각을 하는 거냐, 이 바보 녀석!"

느닷없이 쏟아진 욕설에 나도 무심코 울컥했다.

"바, 바보 녀석이라니…… 걱정돼서 말을 걸었을 뿐이잖아?! 그보다 무시당한 내 기분도 생각해보라고!"

아자미는 내 비난에 멈칫하더니, 원망스럽다는 듯이 「네 녀석……」 하고 중얼거렸다.

뭔가 대꾸해올 거라고 생각했지만, 어쩐지 맥이 빠진 모습이었다. 태도는 건방지지만, 의외로 소심한 사람이구나.

아자미는 바닥에 털썩 주저앉은 채 나를 척 가리키더니,

조금 전보다는 약간 부드러운 어조로 이렇게 말했다.

"애, 애초에 느닷없이 사라진 것은 네 녀석이지 않나. 한창 사라진 상태에서 말을 걸면 나에게 들리지 않는 게 당연하지."

"사라졌다고? 아니, 조금 전부터 무슨 소리야?"

아자미는 「뭐?」 하고 말하고 싶은 표정으로, 나를 가리키고 있던 검지를 조심스레 접었다.

"네가 『가리는』 능력을 사용했지 않나. 내가 그런 걸 볼 수 있을 리가 없지."

아아…… 정말이지, 정말로 이해를 못하겠다. 이 사람은 무슨 말을 하는 걸까.

내가 짜증나기 시작했을 때, 아자미는 헉 하고 숨을 삼켰다.

"서, 설마 너, 자각 없이 사용했다는 건가……?"

"그~러~니~까~ 무슨 이야기를 하는 건지 모르겠다니까! 확실하게 말해!"

내가 노성을 지르자, 아자미는 어깨를 움찔 떨며 몸을 움츠렸다.

그렇게까지 반응하리라고는 생각하지 못했던 내가 「아, 미안……」 하고 사과하자, 아자미는 어린아이처럼 작게 고개를 끄덕였다.

……이 사람, 손녀가 있다고 하지 않았나.

아자미는 옷을 털면서 일어서더니, 오른손으로 허리를 짚고 입을 열었다.

"네가 조금 전에 사용한 것은 『눈을 가리는』 능력이다. 그것을 사용하는 동안은 자신의 모습이든 뭐든 대부분의 것은 보이지 않게 하는 것이 가능하지."

"아~. 아니, 내가 사용했다고?! 언제?"

"아니, 그러니까 조금 전에 사용했다고 말했지 않나. 자각 없이 능력을 사용하다니, 마치 예전의 나를 보는 것 같군……."

아자미는 그렇게 말하더니 미간을 손으로 짚으며 하아~ 하고 긴 한숨을 쉬었다.

내가 능력을 사용했다고? 무슨 소리를 하는 거야, 이 사람은. 나는 잠시 생각해보았지만, 딱히 이상한 주문을 외지도 않았거니와 마법 포즈를 취하지도 않았다.

내가 불신감을 드러내자 아자미는 「잠시 기다려라」 하고는 책장 사이에 놓여 있던 작은 책상으로 다가갔다.

한동안 부스럭거린 뒤에 돌아온 아자미가 들고 있던 것은 작은 손거울이었다.

나를 마주보듯이 선 아자미는 거울을 나에게 들이대더니 「자, 해봐라」 하고 퉁명스럽게 말했다.

"뭐? 아니, 그러니까 그런 능력은 못 쓴다니까……."

하지만 내가 그렇게 말해도 아자미는 불퉁한 표정으로 아무 말 없이 계속해서 거울을 들고 있었다. 거울에 비친 내 얼굴은 몹시 귀찮아하는 표정을 짓고 있었다.

아니, 해보라고 말해도 하는 법도 듣지 못했고, 애초에 내가 그런 걸 할 수 있을 리가…….

한 번 더 아자미에게 항의하려고 했지만, 아자미의 무언의 압력에 져서 일단 뭔가 생각해보기 위해 눈을 감았다.

하지만 조금 전에도 딱히 뭔가 특별한 생각을 한 것은 아니다. 함께 삼켜진 언니를 문득 떠올렸을 뿐이다.

……그보다 그런 생각을 했더니 또 떠올라버렸잖아. 언니를 생각해봤자 슬퍼지기만 할 뿐인데.

"……하아. 아자미, 역시 이런 짓을 해봤자 아무 일도 안 일어난다니까? 아마 아자미가 잘못 본 걸…… 서야……."

눈을 뜬 내가 본 것은 「내 말이 맞지?」라고 말하는 듯이 씩 웃는 아자미의 모습이었다.

아니, 아자미의 모습만 보였다. 아자미가 들고 있는 거울에는 조금 전까지 귀찮아하던 키도 츠보미의 모습은 보이지 않았고, 그저 내 등 뒤에 우뚝 서 있는 책장의 한 구석이 비치고 있었다.

"뭐야, 이거……!"

"역시 사용할 수 있지 않나. ……읏차."

아자미는 그렇게 말하더니 거울을 내리고 내 머리를 툭 쳤다. 깜짝 놀랄 정도로 아프지 않았다.

"잠깐, 아자미, 이거 어떻게 해야 원래대로……!"

아자미는 내가 말을 마치기 전에 다시 거울을 나에게 보여주었다. 거울을 바라보자 겁을 먹은 내 얼굴이 거울 가득 비치고 있었다.

"이것이 『눈을 가리는』 능력이다. 정말이지, 그렇게 의심하다니……."

아자미는 어이없다는 듯이 그렇게 말한 후 쓰러진 테이블을 허겁지겁 세우기 시작했다.

……이게 무슨 일이지. 지금 나는 틀림없이 투명해졌었다. 조금 전의 아자미는 이걸 보고 놀랐던 것이다.

고양이처럼 깡충깡충 뛰고 있었던 것도 사라진 내 모습을 찾고 있었던 것이겠지. 그럼 내 부름에 대답하지 않았던 것도…….

"이, 이거 목소리도 들리지 않게 되는 거야?"

"무슨 소리를 하는 거냐. 목소리는커녕 이리저리 뒹굴며 크게 소란을 피워도 아무것도 들지 않는다."

아자미는 테이블을 원위치로 돌리면서 「만지지 않는 한 말이지」라고 덧붙였다.

나는 마른침을 꿀꺽 삼켰다.

『눈을 가리는』 능력…… 이(異)능력은 실재했다. 아자미가 했던 말은 사실이었던 것이다.

원래부터 의심했던 것은 아니지만, 이 세계를 만들었다는 이야기도 역시 사실이지 않을까?

내가 우두커니 서 있자, 아자미는 자신이 앉았던 의자에 다시 앉으며 크게 숨을 쉬었다.

“그런데 츠보미. 너, 그것을 어디에서 손에 넣은 것이냐? 내가 바깥 세계에 있었을 무렵에는 나 이외에 그런 능력을 사용하는 녀석은 없었는데.”

나는 작게 고개를 저었다.

“아니, 조금 전에도 말했지만, 나도 놀랐다니까. 이런 능력을 사용할 수 있게 되었다는 것도 몰랐고.”

아자미는 곤란한 듯이 「으음~」 하고 신음했다.

생각해보면 나는 아자미가 물어본 것에 대해 아무 것도 제대로 내답해주시 못했다. 아자미는 분명 굉장히 답답한 기분이겠지.

……그보다 아자미도 옛날에는 바깥 세계에 있었던 건가. 조금 전에 딸을 「삼켰다」고 말했으니까, 분명 아자미 이외의 가족들은 바깥 세계에 있던 거겠지만……. 아자미는 애초에 왜 이런 곳에 틀어박히기로 한 걸까. 수수께끼다.

아자미는 한동안 끙끙거리며 고민하다가 갑자기 고개를 퍼뜩 들더니 내 얼굴을 바라보았다.

“뭐, 뭐야…….”

“아니, 그런가. 과연…….”

아자미는 그렇게 말하더니 자신 안에서 뭔가 납득이 갔는지 몇 번이나 고개를 끄덕였다.

물론 그런 모습을 보아도 나에게는 전혀 전해지지 않았다.

아자미는 내가 묻고 싶어 하는 것을 눈치챘는지, 잠시 생각하면서 말하기 시작했다.

"조금 전에도 말했지만…… 『아지랑이 데이즈』가 너를 삼킨 것은 내가 내린 지시의 조건에 네가 맞아떨어졌기 때문이다. 너, 죽기 직전이었지?"

"응, 그건 틀림없다고 생각해……."

"하지만 아무래도 이상하다. 딸과 손녀가 이쪽으로 들어왔을 때에는 지금의 너처럼 말할 수 있는 상태가 아니었다."

확실히 아자미는 조금 전에 딸과 손녀를 「지독한 상태였다」고 표현했다.

나도 그 이야기를 듣고 조금 의문스러웠다. 그렇다면 나는 왜 이렇게 팔팔한 건지…….

내가 자세히 물어보려하기 전에, 아자미는 뒷이야기를 계속했다.

"생각해봤는데…… 너, 『눈을 가리는』 능력에 적합한 것이 아닌가? 그보다 실제 사용하고 있으니 그렇다고 밖에는 생각할 수가 없어."

"적합……?"

아자미는 이해력이 부족한 나를 향해 고했다.

"어떤 경위인지는 모르겠지만, 요컨대 그 능력이 너의 『목숨 대신』이 된 거다. ……잘된 일 아닌가."

아자미는 그렇게 말하더니 표정을 보여주고 싶지 않은 듯이 고개를 숙였다. 그 입가에는 어째서인지 조금 쓸쓸함이 배어있는 것처럼 보였다.

나는 잠시 그 말의 의미를 생각한 다음에야 깨달았다.

아자미의 손녀는 목숨 대신에 능력을 받아 이 세계를 빠져나갔다.

그렇다는 말은 분명 나도…… 이 세계를 빠져나가게 되는 것이다.

그 순간, 가슴속에 질척한 것이 소용돌이치는 것을 느꼈다.

토해버리고 싶지만, 결코 토해낼 수 없는…… 잊을 수 없는 죄의식이다.

들뜨지 않는 내 모습을 보고 아자미는 고개를 갸웃했다.

당연하겠지. 죽었다고 생각했는데 되살아날 수 있다니, 기쁘게 생각할 사람이 더 많을 것이다.

분명 이 세계에는 너무나도 살고 싶어서 어쩔 수 없었던 사람들 역시 잔뜩 삼켜져 있겠지.

언니도 그렇다. 언니는 그런 곳에서 죽어도 좋을 사람이 아니었다. 살아있으면 분명 많은 사람들을 미소 짓게 만들 사람이었다.

……그런데 어째서 나 같은 게 적합한 것일까.

아자미가 걱정스러운 듯이 내 얼굴을 들여다보았다.

"무, 무슨 일이냐. 왜 그렇게 어두운 얼굴을 하고 있는 거냐. 딱히 나쁜 이야기를 하고 있는 게 아니다. 그래, 너는 이 세계에서 빠져나갈 수……."

"……나가고 싶지 않아."

내가 그렇게 중얼거리자, 아자미는 말을 뚝 멈췄다.

나는 입에서 흘러나오는 대로 계속해서 말했다.

"『눈을 가리는』 능력이었던가? ……이런 능력 필요 없어. 다른 사람에게 줘. 나는 딱히 되살아나고 싶지 않으니까."

아자미는 「무슨……」 하고 짧게 입을 여나 싶더니 벌떡 일어났다.

"무슨 말을 하는 거냐? 너, 겉보기에 아직 어리지 않은가. 밖에서 하지 못한 일이 하나둘쯤은 있을 게 아니냐. 게다가…… 너에게도 가족이 있을 것 아니냐."

몹시 걱정스러운 듯이 그런 말을 하는 아자미는, 뭐랄까, 밖에 있던 인간보다도 훨씬 인간처럼 보였다.

세계를 만들어냈다느니 하며 인간과 완전 동떨어져 있으면서, 이런 점만은 인간 같다니 정말이지 이상한 녀석이다.

하지만…… 역시 좋은 녀석이다.

아자미의 마음이 전해졌다. 분명 나에게 딸이나 손녀의 모습을 겹쳐 보고 있는 것이겠지.

그렇기에 이런 말을 하는 나는…… 정말로 어찌할 수 없을 정도로 못된 녀석이다.

"가족 같은 건 없어. 그도 그럴 게 나는 부모를 죽이고 이쪽으로 왔으니까."

작게, 정말로 작게, 아자미가 낸 비명 같은 소리가 들려왔다.

바라보니 그 얼굴은 끝없는 절망에 잠긴 듯한 비통한 빛으로 물들어 있었다.

아아, 정말이지 왜 이 사람은 인간이 아닐까. 이제 막 만난 내 일로 이렇게 마음 아파해주다니, 이런 다정한 사람은 바깥 세계에서도 드물지 않을까.

아자미에 비하면 나나 아버지 같은 사람이…… 훨씬 더 『괴물』 같았다.

……그래, 뭣하면 아자미가 밖으로 나가면 된다.

원래 이 힘은 아자미의 것이었던 모양이니, 그렇다면 적합이니 뭐니와는 상관없을 테고.

그렇게 해서 손녀를 만나러 가면 된다. 내가 밖으로 나가는 것보다 그편이 훨씬 더 의미 있지 않을까.

그래, 그렇게 말하자.

내가 그렇게 생각하며 입을 열려는데, 아자미의 말이 제지했다.

"……괴롭지 않았나?"

그 말에 가슴 한가운데가 욱신거렸다.

아자미는 주뼛거리는 기색으로 내 곁으로 다가오더니 계속해서 말했다.

"뭐, 뭔가 이유가 있었던 거지? 부모를 죽이다니, 그런…… 그도 그럴 게 너는 좋은 녀석이지 않은가."

아자미는 그렇게 말한 뒤, 내 어깨로 손을 뻗으려고 했다. 아마 위로해줄 생각이었겠지.

하지만 나는 그런 아자미의 배려를 어떻게 해도 받아들일 수가 없었다.

나는 짝 소리가 날 정도로 아자미의 손을 쳐낸 뒤 외쳤다.

"나는…… 좋은 녀석이 아니야! 사람을 죽였는걸……. 이런…… 이런 마음을 네가 어떻게 알겠어?!"

나는 그렇게 말하고 아자미를 노려보았다.

내 말이 책에 둘러싸인 방 안에 메아리쳤고, 이내 메아리가 잦아들자 짧은 침묵이 찾아왔다.

아자미는 어떻게 생각했을까. 모처럼 친절하게 위로해주려 했는데, 이런 식으로 달려들다니…….

아자미의 표정에는 이제 겁먹은 기색은 보이지 않았다.

칠흑 같은 머리카락을 풍성하게 늘어뜨리며 그저 내 얼굴을 바라보는 그 표정에서는, 이제 무슨 생각을 하는 건지도 짐작할 수 없었다.

아자미는 천천히 입을 열었다. 나는 견디지 못한 채 아자미의 얼굴에서 시선을 돌렸다.

이제 무슨 소리를 들어도 이상하지 않다. 나가라고 한다면…… 그렇게 하자.

눈을 감고 아자미의 말을 기다리는데, 문득 머리 위에서 그리운 감각이 전해져왔다. 이제 두 번 다시 느낄 수 없다고 생각했던 그 감각에 굳어있던 몸이 이완되었다.

"……혼자서 무서웠겠군. 나도 너처럼 겁을 먹고 거칠어졌던 적도 있었다. 사람도…… 몇 명이나 죽였지."

아자미의 손바닥이 내 머리를 다정하게 쓸었다.

나는 흘러넘치는 감정을 필사적으로 억누르느라 대답할 수가 없었다.

그것을 아는지 모르는지, 아자미는 계속해서 말했다.

"나를 구해준 것은 남편과 딸이었다. 너도 앞으로 너를 구해줄 사람들과 만나겠지. 그러니까……."

아사미는 잠시 뜸을 들인 뒤 이렇게 말했다.

"……살아라. 스스로 죽음을 택하다니, 바보 같은 짓은 하지 마라."

"그럼…… 아자미도 함께 가자. 나 혼자서는 그런…… 그런 괴로운 기억을 견딜 수 없어……!"

내 말에 아자미는 조금 곤란한 듯한 표정을 지었다.

아아, 내가 무슨 말을 하는 걸까. 이런 떼쟁이 같은 행동은 엄마한테도 한 적이 없는데.

무리인 게 당연하다. 그런 일을 할 수 있다면, 아자미는 애초에 이런 곳에 없을 것이다.

하지만 잠시 생각한 아자미는 「여기를 봐라」 하더니, 내 눈을 바라보며 입을 다물었다.

그 찰나의 순간, 나는 소름이 돋았다.

「바라보다」…… 그저 그뿐이었는데, 아자미를 둘러싼 분위기는 조금 전과 전혀 달랐다.

아자미의 석류 같은 두 눈에는 모든 것을 빨아들일 듯한 박력이 깃들어 있었다.

공포……라는 것과는 조금 달랐다. 태어나서 처음으로 느꼈지만, 아마 이것이 「외포(畏怖)」라는 것이겠지.

이제 손가락을 움직이는 것조차 어려워진 나를 향해 아자미는 입을 열었다.

"나는 지금 유일하게 깃들어있는 능력을 사용하겠다. 그것을 사용하면 입으로는 전해지지 않는 『모든 생각』을 너에게 전할 수 있다. 너에게…… 『가리는』 능력의 진정한 사용법을 가르쳐주마."

대답도 할 수 없는 데다 고개를 끄덕이는 것도 불가능했다. 마치 몸이 돌이 되어버린 것 같았다.

아자미의 얼굴에는 조금 전에는 보여주지 않았던 쓸쓸함이 또렷하게 드러나 있었다.

"『가리는』 힘은…… 『기억』도 가린다. 너를 좀먹는 『과거의 견디기 힘든 기억』조차 덮어주겠지. 괴로운 기억도, 나에 대한 것도 잊고 행복하게 살아라."

나는 입을 열기 위해 발버둥 쳤다.

분명 이것이 마지막이다. 어떻게든 한 마디만이라도 아자미에게…….

"그래, 만약 밖에서 내 손녀와 만난다면…… 사이좋게 지내주지 않겠나."

전해라, 마음을. 말로 표현하는 거다.

"……알았어, 약속할게."

마지막의 마지막에 아자미는 고요히 미소 짓더니, 진홍색 눈동자에 눈물을 글썽이면서 이렇게 말했다.

"……『눈을 돌본다』."

칠드런 레코드 side-No.1-(3)

사라지려던 의식 속에서 모든 것을 떠올린 내 두 눈에서는 그저 눈물이 흘러넘치고 있었다.

이미 아무 것도 보이지 않았고, 내 목소리도 들리지 않았다.

너무 늦게 떠올렸지만, 분명 말은 닿을 것이다.

그렇게 나는 입을 열었다. 마음과 의사(意思)를 전하기 위해—.

"마리, 들리나."

"너에게는, 특별한 힘이 있어."

"아주 옛날에, 친구가 가르쳐줬어."

"그러니까 그 이름을, 부르면 돼."

"그 녀석은 분명, 모두를 구해줄 거야."

"마리, 같이 있어주지 못해 미안하다."

"……다른 애들을 잘 부탁해."

마지막의 마지막.
이미 끊어진 의식 너머로, 나는 분명하게 그 말을 들었다.

"……와라, 『아지랑이 데이즈』."

사신 레코드 V

……저 눈부시게 빛나는 사각형 상자는 뭐지?

정말이지 잠시 눈을 뗐을 뿐인데, 그 사이에 또 이상한 것이 생겨난 건가.

그 때부터 아무 것도 변하지 않았다. 이 세상은 정말 성가시다.

빛나는 상자 쪽을 바라보자, 그 앞에는 기괴한 모습의 남자가 서 있었다.

남자는 내 얼굴을 보더니 놀란 듯이 눈을 크게 떴다.

인간의 모습을 하고 있지만, 한눈에 알아봤다. 『눈을 밝게 하는』…… 그 녀석이다.

내 발밑에는 한 인간이 누워 있었다.

많이 자랐지만 이 녀석도 한눈에 알아볼 수 있었다.

……힘을 되찾으면 가장 먼저 보여주겠다고 약속했었지.

그런데 죽어버리다니……. 이래서는 볼 수가 없지 않느냐, 바보 녀석.

몸속에 흐르는 피가 끓어오르듯이 용솟음쳤다.

가슴 속에서 치밀어 오르는 이것은……『분노』일까.

손녀의 몸으로 어디까지 할 수 있을지는 모르겠지만…… 뭐, 문제는 없겠지.

여하튼 나는 도리 같은 것이 통하지 않는『괴물』이니까.

"계획에 없는 일은 하지 말라고, 네 녀석……!"

눈앞에 있는 남자가 꼴사납게 소리쳤다.

이놈, 누구를 향해 하는 말이냐.

몇 번이나 세계가 돈 시점에서, 나에게 덤벼봤자 소용없다는 것을 잘 알고 있을 텐데.

"……안심해라. 네가 만든 하찮은 이야기 따윈……."

"여기에서 전부 끝내주마."

칠드런 레코드 side-No.0-

"……그래서, 잘 되고 있는 거야? 나는 아직 당신의 말을 전혀 신용할 수 없는데."

"뭐? 음~ 어떨까. 『아자미의 마음』에 달린 거려나."

"하아……. 뭐, 어떻든 상관없어. 어차피 구할 수 없을 테니까."

"그런 말 하지 마. 그 아이…… 분명 구하러 올 거야. 약속했으니까."

"……어떠려나."

"아하하! 믿어 달라니까?"

"……생각해볼게."

"응응. 그럼, 나도 슬슬 가볼까."

"뭐? 어디에 간다는 거야?"

"응? 그건 말이지……."

"나의 영웅이 있는 곳."

■작가 후기 ~눈에 먼지가 들어간 이야기~

무척 오랜만입니다. 진입니다.

6권이 발매되고 1년 이상 기다리시게 했습니다. 혼신의 힘을 다한 7권입니다.

이야~, 요 1년 동안 정말로 다양한 일이 있었습니다.

집이 없어지거나 스태프가 그만두는 등, 정말 패닉 파티 상태였습니다(파티 피플 느낌).

여러모로 우울해지기도 했습니다만, 어떻게든…… 음?

우울해지기도……?

고추를 문지르기도……?[#9]

비슷하네요(웃음).

자, 『아지랑이 데이즈 Ⅶ -from the darkness-』, 어떠셨습니까.

이번 권의 주인공은 우리 단장 키돗치(친밀한 느낌)였습니

#9 고추를 문지르기도 「우울해지기도」를 의미하는 「오치콘다리(おちこんだり)」와 「고추를 문지르기도」라는 의미의 「오칭코몬다리(おちんこもんだり)」의 발음이 비슷한 걸 이용한 말장난.

다만, 이런 적은 처음일 정도로 아지랑이 데이즈 사상 가장 주관(主觀)을 쓰기 어려운 지옥의 캐릭터였습니다.

전 권의 하루카도 난이도가 높아서 「하루카 선배 너무 퓨어하잖앙~(울음)」이라는 말을 중얼거리며 썼습니다만, 이번 권은 그것을 상회하는 난이도였습니다. 아니, 정말로요.

유소년기의 츠보미는 저와는 성별도 다르고 연령도 전혀 다르기에, 그 감각을 좀처럼 이해할 수가 없어서 정말로 고생했습니다.

하지만 「어린 여자아이에 대해 조사하러 잠시 초등학교에 들어갔다 올게」 같은 일을 하면 확실하게 법적으로 문제가 되니까요. 경찰관에게 신세지게 됩니다.

그런 이유로 스물다섯 살의 남자(직업 미상)가 매일 밤 「츠보미, 무슨 생각을 하고 있는 건지 나에게도 가르쳐줘……」 하고 기분 나쁜 혼잣말을 중얼거리면서 필사적으로 만들어 낸 캐릭터가 키도 츠보미입니다. 가슴이 뜨거워지네요.

그리고 소설 『아지랑이 데이즈』의 이야기도 드디어 대단원입니다.

솔직히 써보지 않으면 뭐라고 할 수 없습니다만, 아마 다음 권이 마지막이 될 것이라 생각합니다.

작품이 시작된 지 벌써 4년.

많은 스태프 분들과 독자 여러분의 도움으로 어떻게 여기까지 올 수 있었습니다.

정말로 감사한 마음으로 가득 가슴[#10] 유륜이 둥그네요(4년 만에 두 번째).

실은 마지막 권의 구성에 대해 굉장히 고민 중입니다. 이게 좋겠다고 생각되는 두 가지 형태가 떠오른 상태입니다.

작품을 통해 전하고 싶은「테마」라는 것이 있어서, 마지막에 그것을 어떤 형태로 표현해야 할지…….

다음 권에서 작품 속에 등장하는 아이들은 몹시 중요한 선택을 하도록 요구받을 거라 생각합니다.

괜찮으시다면 부디 기대해주셨으면 좋겠습니다. 기대에 부응하도록, 저도 필사적으로 복근 운동을 하겠습니다(쓰고 말해라).

그러고 보니, 겨울에『아지랑이 데이즈』를 소재로 만든 극장 작품이 공개됩니다.

뭔가 어트랙션 무비라서 상영 중에 의자가 흔들리거나 하는 모양입니다. 굉장하네요.

저도 엄청 기대됩니다만, 작중에 등장하는 캐릭터들과 마

#10 가득 가슴 「가득하다」를 의미하는 「잇파이(いっぱい)」와 「가슴」을 뜻하는 「옷파이(おっぱい)」를 사용한 말장난.

찬가지로 제 반고리관도 상당히 연약하기에 상영 중에 견딜 수 있을지 걱정되네요.

전에 놀이공원에 갔을 때에는 첫 번째 놀이 기구에서 토했습니다(무념).

함께 간 친구들이 즐겁게 하루를 보내는 동안, 벤치에 앉아 마스코트 캐릭터의 공연을 계속해서 보았던 그날의 추억을, 저는 잊을 수 없습니다.

하지만 들리는 말에 의하면, 극장은 놀이 기구를 잘 타지 못하는 사람도 즐길 수 있도록 제작되어 있다고 합니다.

「멀미나는 건 좀……」 하시는 분도, 기회가 있다면 부디 가보세요. 물론 저도 보러 갑니다.

자, 그럼, 비교적 빠르지만 이번 후기 페이지도 얼마 남지 않았네요.

이번 권도 고민하면서 집필했습니다만, 역시 고생해서 쓴 스토리만큼 애착이 갑니다.

작품 속에서 츠보미는 「린」과 「아자미」라는 꽃에서 유래한 이름을 지닌 두 인물에게 영향을 받습니다만, 큰 꽃송이를 동경하며 단장 키도로서 사랑받은 그녀는, 단원들 눈에 어떤 꽃으로 보였을까요. 여러분에게도 뭔가 전해지는 것이 있다면 좋겠다고 생각합니다.

그리고 다음 권에도 주역이 되는 캐릭터가 있습니다.

그 캐릭터도 몹시 서툰, 마지막권의 주역으로 쓰는 데 걸맞은 존재라고 생각합니다.

아지랑이 데이즈를 둘러싼 아이들의 싸움도 드디어 라스트 스퍼트입니다만, 과연 어떤 결말을 맞이할까요.

거 참, 무척 기대됩니다(쓰고 말해라).

그나저나 이번 후기…… 어쩐지 너무 진지하게 쓴 기분이 드네요.

뭔가 좋은 느낌으로 정리하려는 느낌이 들어! 이런 것으로 괜찮은가! 아니, 좋지 않아!!

좋았어!! 고추, 고추, 고추!!

좋아(의무감).

그런 이유로 또 다음 권의 후기에서 만나도록 하죠! 그럼!

진(자연의적P)

■역자 후기

『아지랑이 데이즈』 7권입니다. 읽어주셔서 감사합니다.

여기에는 본문 내용이 일부 포함되어있습니다. 혹시 내용을 미리 알고 싶지 않으신 분은 본문부터 읽고 봐주시면 감사하겠습니다.

『아지랑이 데이즈』 소설도 어느새 7권이네요. 문득 1권을 작업했던 날을 돌이켜보니 시간의 흐름이 무척 빠르다고 느낍니다.

이번 7권에서는 과거와 현재, 또 각 캐릭터의 시점이 얽히고설키면서 절묘하게 진행됩니다. 동떨어져 보였던 이야기들의 연결고리가 철컥거리며 맞물릴 때마다 카타르시스가 느껴지더군요. 덕분에 손에 땀을 쥐며 작업했습니다.

그래서 「칠드런 레코드 side-No.2-」는 언제 나올까요! 「side-No.4-」는!! 「side-No.1-」은 이대로 끝인가!! 과연 이 캐릭터와 저 캐릭터의 생사는?!(진정해라)

예정으로는 다음 권이 마지막이라는데, 과연 『아지랑이 데이즈』의 대단원은 어떻게 막을 내릴까요. 오랫동안 기다려왔던 바로 **그** 캐릭터도 드디어 등장했고 말이죠. 남은 이야기가 어떻게 풀릴지 두근거립니다.

반면에 벌써부터 아쉽기도 하고 그리운 기분도 드네요. 워낙 이래저래 고생했던 아이들이라, 아직도 고생할게 남았다고 생각하면 가슴이 짠해지기도 하고요. 뭐, 메카쿠시단은 어려운 상황 속에서도 각자 나름의 답을 내며 계속해서 앞으로 나아갔으니까요. 그런 꿋꿋한 모습에 메카쿠시단을 응원하게 되는 것 같습니다.

정말 얼마 남지 않았네요! 모쪼록 끝까지 함께 지켜봐주시면 감사하겠습니다. 그럼 8권에서 다시 뵙겠습니다.

역자 이수지 올림

표지 일러스트 러프

권두 그림
러프

본문 일러스트 ① 러프

본문 일러스트 ② 러프

본문 일러스트 ③ 러프

본문 일러스트 ④ 러프

본문 일러스트 ⑤ 러프

본문 일러스트 ⑥ 러프

본문 일러스트 ⑦ 러프

아지랑이 데이즈 7
-from the darkness-

1판 1쇄 발행 2017년 7월 10일
1판 2쇄 발행 2018년 10월 22일

지은이_ JIN (SHIZEN NO TEKI-P)
일러스트_ SIDU
옮긴이_ 이수지

발행인_ 신현호
편집국장_ 김은주
편집진행_ 최은진 · 김기준 · 김승신 · 원현선 · 권세라
편집디자인_ 양우연
국제업무_ 정아라 · 김태환
관리 · 영업_ 김민원 · 조인희

펴낸곳_ (주)디앤씨미디어
등록_ 2002년 4월 25일 제20-260호
주소_ 서울시 구로구 디지털로 26길 111 JnK디지털타워 503호
전화_ 02-333-2513(대표)
팩시밀리_ 02-333-2514
이메일_ lnovelpiya@naver.com
L노벨 공식 카페_ http://cafe.naver.com/lnovel11

ISBN 979-11-278-4197-3 04830
ISBN 978-89-267-9484-5 (세트)

값 6,800원

세븐스 1권

미시마 요무 지음 | 토모조 일러스트 | 이경인 옮김

여신을 숭배하고, 검과 마법이 존재하는 세계에서
영주 귀족의 장남으로 태어난 라이엘은 15세에 집에서 쫓겨난다.
이유는— 여동생 세레스에게 패했기 때문에.
과거에는 천재, 기린아라 칭송을 받던 라이엘은
세레스의 영향으로 서서히 냉대를 받으며 연금 생활을 보냈다.
상처 받은 라이엘은 저택 뜰에 살던 노인에게
구조를 받아 보옥이 달린 목걸이를 받는다.
노인이 선대— 라이엘의 조부에게서 맡아놓은,
【아츠】가 기록된 푸른 옥은 월트가의 가보라고 할 수 있는 것이었다.
역대 당주 7인의 아츠가 기록된 보옥을 받은 라이엘은
그것을 갖고 저택을 나서는데—.